篮球裁判员执裁技巧

主　编：张良祥　崔哲雄　黄　锐
副主编：李成新　李庆新　李宏磊

北京体育大学出版社

策划编辑：木　凡
责任编辑：白　鹤
审稿编辑：梁　林
责任校对：杨　军
版式设计：司　维
责任印制：陈　莎

图书在版编目（CIP）数据

篮球裁判员执裁技巧 / 张良祥等主编.
-- 北京 : 北京体育大学出版社, 2011.9
　ISBN 978-7-5644-0817-6

Ⅰ.①篮… Ⅱ.①张… Ⅲ.①篮球运动—裁判法
Ⅳ.①G841.4

中国版本图书馆CIP数据核字(2011)第193739号

篮球裁判员执裁技巧　　　　张良祥　崔哲雄　黄　锐　主编

出　　版：北京体育大学出版社
地　　址：北京市海淀区信息路48号
邮　　编：100084
邮 购 部：北京体育大学出版社读者服务部 010-62989432
发 行 部：010-62989320
网　　址：www.bsup.cn
印　　厂：北京昌联印刷有限公司
开　　本：880×1230　1/32
印　　张：7

2011年9月第1版第1次印刷
定　价：18.00元
（本书因装订质量不合格本社发行部负责调换）

序

2010年10月我在宁波全国篮球裁判员培训班上见到本书作者，他们跟我说，中国篮球裁判告急，让每一位裁判增加了一种忧患意识，他们想为自己喜爱的事做些什么，没想到他们很快就写了这本书，让我感到欣慰。

《篮球裁判员执裁判技巧》对球员、教练员特别是篮球裁判员来说都是非常好的读本，它给篮球裁判初学者增加了兴趣和提高提供了指导方法，给有等级裁判员在执裁过程中增添了执法艺术。

当前，我国篮球运动职业化进程发展迅速，但高水平裁判缺失相对严重，裁判的发展速度跟不上国际篮球发展的速度。而其中造成这种情况的一个重要原因就是，裁判员之间的竞争环境和竞争意识不是那么强烈。要想使我国篮球运动有更好的发展，每位裁判都应加强忧患意识和加强自身提高。

随着我国篮球运动的迅速发展，比赛越来越激烈，对抗性越来越强，裁判工作越来越复杂，这对临场裁判员临场要求越来越高。临场执裁技巧是裁判员预见、控制、管理、合作能力的综合体现。可我们的裁判员在执裁时缺乏掌控比赛的技巧，虽然"惩恶"了，但没能很好"扬善"。裁判工作是一门艺术，裁判员沟通、交流、合作、控制和管理需要技巧。

洛杉矶湖人队的主教练菲尔·杰克逊(Phil Jackson)说："就像生活一样，篮球运动也是杂乱无章和不可预料的。无论你如何努力想

要去控制它，它仍按其自有的方式对待你。篮球运动，就像是生活一样，真正的快乐来自于充分地把握住当前的一分一秒……"我想篮球裁判员临场也如此。和谐、快乐不仅是遥远的田野上传来的牧童的笛声，而且是我们所执裁篮球场上回荡着的理性的奏鸣曲。

有了这本书，相信我们的裁判员会运用书中技巧，能够把握机会以更加开阔的视野观察我们每次重复着的工作，从中感受、发现美、创造美，将技巧融入美的事业，提升至艺术的境界，从而享受篮球裁判的魅力和快乐。

中国篮球运动管理中心竞赛部部长：白喜林

2011年8月18日

前　言

中国篮球裁判人才资源储备严重告急，这让每一个从事体育的教育者，特别是身为篮球裁判员的人感到一种焦急和忧虑。我们能做点什么呢？有什么责任吗？你也许是篮球业余裁判员，也许是国家篮球协会的裁判员，也许是国际裁判员，那么你在透彻理解比赛规则的精神和实际意义的基础上，根据比赛水平和实际情况恰当执法，坚决公正地做出判罚，为发扬公平竞赛精神创造一个良好的环境。队员们在和谐环境中享受比赛的乐趣，你从而赢得他们的信任，让他们感到欢乐和幸福，这就是你的责任和所为。

除此之外，一种责任感和使命感，让我们也想做些什么，所以就写了这本《篮球裁判员执裁判技巧》一书。此书是根据前人在篮球裁判执法工作中的实践经验，并结合当今篮球比赛裁判工作的实际情况及运用手段，从一名篮球裁判员初学者应具备的基本执裁要素入手，结合优秀裁判员的实践经验和案例分析，从对比赛的理解，对比赛的感觉，对比赛的控制与管理，对关键问题和矛盾进行艺术化处理以及与教练员和运动员的合作等执裁技巧方面去分析，为读者提供在裁判实践过程中的理论基础、理论依据和直接经验。

我们希望本书能为你心理准备对策库提供一些经验储备，增强你的执裁能力，扩大你的知识面，加强你的参与程度，最重要的是，在你参与篮球裁判工作时带给你快乐和激情！

本书在编写过程中，得到了兄弟院校的同行及领导的大力支

持和指导，在此深表谢意。由于我们正处于一个知识爆炸的信息时代，新的理念、新的观点、新的方法层出不穷，本书难免会存在不足、错谬之处。我们殷切地希望广大师生、读者批评指正。

作　者

2011年8月18日

目　录

第一章　篮球裁判员

第一节　了解篮球裁判员的角色

"裁判的角色比大多数观众、球员及教练认识到的要重要得多。"直观看，裁判这个角色没有什么复杂。有人说：裁判就是"吹犯规的"。想想似乎没有什么错，从这个意义上说，裁判的职责就是"惩恶"，只要对犯规判断准确、执法严格就是好裁判。然而，事实并没那么简单，判罚只是裁判员的一种手段，靠判罚发生的每一技术性违犯，裁判员将只成功于制造观众、队员和教练员的不满。因为，篮球比赛的最终目的是精彩，是要让球队和球员在赛场上展示风采、淋漓尽致地发挥出各自应有的技、战术水平，充分体现篮球运动的魅力，而不是以发现和惩罚球队和球员的恶行为目的。从这个意义上说，裁判的最高境界应该是"扬善"，其他都是实现这一目的的手段。就如同交警执法，是为了保证交通的畅通，而不是简单地为了处罚违章者。

裁判员素描（Referee's Profile）：裁判员referee/official是运动竞赛过程中，依据竞赛规程和竞赛规则评定运动员（队）成绩、胜负和名次的人员。1892年，篮球运动的发明人史密斯制订出13条简易规则，篮球运动进入对抗比赛的阶段，继而产生了比赛的组织领导者、执法公断者——裁判员。

外国称篮球裁判为"球证"，每场比赛有正、副两个"球证"。建国前，我国称篮球裁判为"司令"，每场篮球赛只有一个"司令"。解放后改称裁判员，每场球赛设正、副两个裁判员。

由于篮球比赛的速度、强度愈来愈大，为了更全面、准确地执

行规则，现已开始执行每场比赛设3名裁判员。

在一场组织健全的篮球比赛中，裁判员是比赛的一个重要组成部分。裁判员确保了比赛按照规则规定正常进行，但是，一些运动员和观众常把裁判员看做一个"不可避免的灾祸"，尽管他们提出这样的看法有他们的理由，然而裁判员对篮球比赛而言是不可缺少的。我们可以想象一场篮球比赛没有裁判员的情景该是什么样的？由于双方争执不下，球场上肯定会非常混乱以致最后难以收场。在对大多数运动员公平公正的情况下，篮球裁判员确保比赛在规则规定的范围内进行。

许多篮球运动的参与者尽管在内心深处认同这种观点，但在一场对抗激烈的比赛中却往往把它忘掉了，教练员、运动员和观众经常指责裁判，说裁判员是造成自己球队发挥失常或输掉比赛的罪魁祸首。如果运动员和教练员真的相信是裁判员的失误导致了他们的失败，那么当球队获得胜利后他们应赞扬裁判员帮助他们取的胜利吗？答案肯定是没有。可见这种指责的态度是不健康和不负责任的。显然是教练员和运动员，而非裁判员的表现决定了比赛的输赢，比赛时，运动员和教练犯错误的数量远远超过裁判员（如换人不当、投篮和罚篮不中、准备不充分等）。

为了使自己不受有争议判罚的影响，最好先了解一下裁判员的真正作用。裁判员是篮球运动发展的润滑剂。可是很少有人愿意担任篮球比赛的裁判工作。许多人认为，篮球裁判是所有运动项目中最难判罚的，执裁不是一件容易的任务。如果你有过篮球裁判的亲身经历，也许才能真正了解做一名篮球裁判员的难处。"没有十全十美的裁判，没有一名裁判可以说我全场没有一个错误，永远不会有这样的比赛"——（摘录国际篮球裁判法）。美国NBA总裁大卫·斯特恩说："篮球比赛是世界上最难执判的比赛，尤其是现在有了回放设备，更让外界质疑裁判。"裁判员这活儿不好干！无论你水平有多高。总会有人对你不满意，而且往往输球的一方意见最大："这场球我们输给了3个瞎眼的裁判员。"有时赢球的一方也会忿忿不平："要不是场上的3个家伙乱搞，我们至少能赢20分。"除了球员和教练员，场上的观众对裁判员的意见也一大堆："本来是一场精彩的龙争虎斗，却被3个抢哨子的裁判员弄得打打停停，真是扫兴！"裁判工作往往是一份出力不讨好的差使，裁判员的判罚不可能得到每个人的拍手称赞。

　　对裁判工作的了解可使你更好地理解篮球裁判员在比赛中的执法作用。许多篮球裁判员之所以喜欢裁判工作，是因为他们对这项运动非常感兴趣，非常热爱这项运动。"'被爱'是美妙的，可我们干的就是这一行。"他们还觉得工作具有挑战性并令人兴奋（这也是篮球教练员和运动员参与这项运动的原因）。"鸣哨的时刻再美妙了不过了。"比赛中的裁判员应当是赛场上表现最佳的团队，他们虽不能时时刻刻受到认可，却也从来不曾销声匿迹。就像比赛过程中你和队友一起努力想要赢得比赛一样，裁判员们在场上是一个团队，也在尽自己最大的努力，目的就是做好裁判工作。正如你场上会犯错一样，裁判员也会失误。你要记住：裁判员和教练员、运动员及观众间的最大差别是篮球裁判员无需关心谁赢得比赛。这样他们能以公正客观和没有偏执的态度判罚每场比赛。篮球是"美丽的运动"，很多人都认为：当有裁判在场时，它就变得更加美丽了。裁判工作是门艺术，哨音为规则而起。

　　篮球裁判员是在规则与裁判法的指导下，依据公正、公平、合理、科学、严肃认真、积极稳定的原则，秉公执法，公正评判和解决进攻、防守矛盾，最终评判出比赛的结果。裁判员不偏不倚、惟察准法、赏功罚过、扶正禁悍，给运动员创建了光明磊落、公平竞赛的条件和环境。在比赛中裁判员起到了执行者、管理者和"法官"的作用。

　　裁判员只服从于比赛规则，不会因政治、国籍、信仰、民族、宗教、性别、地域等因素和其他利害关系而影响裁决的公正性，也不因官员的干涉、观众的鼓噪、运动员的抗议而改变自己正确的裁决。

第二节　篮球裁判哲学

请认真阅读下列各种价值和品质，确定哪些最适合你的哲学体系。

篮球裁判员的价值和品质				
积极进取	期盼成功	处事果敢	寻求平衡	尽职尽责
相互关爱	鼓励竞争	专心致志	满怀自信	重视传承
信念坚定	通力合作	求知上进	彼此信赖	充满渴望
敢于决断	勇于奉献	纪律严明	勇往直前	恪守职责
活力四射	热情洋溢	追求卓越	忠实诚信	无所畏惧
灵活多变	坚持不懈	乐于付出	心怀感激	倾心尽力
诚实守信	珍惜荣誉	谦虚谨慎	风趣幽默	勤奋努力
积极主动	正直坦诚	想象丰富	忠诚可靠	乐观向上
满怀激情	坚定不移	持之以恒	沉着冷静	态度积极
精心准备	严格守时	值得信赖	坚定决断	足智多谋
相互尊重	负责可靠	勇担风险	自律自控	无私服务
精神鼓舞	团队合作	坚忍不拔	审时度势	真诚正直
精诚团结	充满活力	洞察力	活　力	自　豪
分　享	耐　心	强　度	勇　气	激　励
素　养	信　任			

（1）判决一致【相同情况要相同判决，不要用一个错误去弥补另一个错误】

（2）社交能力【尊重教练及球员，与教练及球员保持良好互动关系】

（3）坚定的判决【事件发生，判决要越迅速越好，对规则完全了解及适宜的专注力，是坚定判决的条件】

（4）承受压力【球员激动时，应保持冷静，每个判决与相关

之球队都会形成对立，以机智应变来解决问题，以减低压力】

（5）完整过程 【来自于球员和教练及观众的反对或激烈反应，你仍应继续做公平的判决，不对任一球员或教练产生偏见】

（6）充满信心 【对自己充满自信，对困难判决和偶发事件及观众的吵杂，都不会影响你的判决】

（7）保持警觉心 【体力的调配，专注力的全程参与，不至于让观众的吵杂使你分心】

（8）保持愉快的心 【挑战自己，对发生有趣的事展露笑容，热爱于裁判工作，若你失去乐趣，将是结束裁判工作的原因】

第三节 篮球裁判员的职责和权力

裁判员的职责：研读最新的国际篮球规则，了解最新规则和裁判法；了解举办比赛之竞赛规程（比赛时间、中场休息时间、暂停）；了解双方队伍之信息；使比赛圆满的结束（裁判应有的哲学、经验）；赛后数据的确定及签名等。

裁判员考虑的事项：裁判员深深地涉及比赛，所以，一切和比赛有关的工作，如球员以及比赛前、中、后有关的事情，裁判员都必须了解。裁判员执法目标是运用规则精神管理好比赛使比赛顺利进行并圆满结束。机械、教条不可取。

【比赛前】保持正常的生活规律；放松、自信、做好各方面的准备；

【比赛中】裁判员也必须知道，当观众、球员或教练影响到比赛的进度时，应该怎样处理。同时也必须知道，竞赛规程对教练、替补球员、球衣广告、正式警告以及驱逐离场等规定；

【比赛后】裁判员必须知道，善尽填写报表的责任。也必须知道应该怎样处理犯规时的罚则，诸如驱逐离场。为了确保比赛的正

常进行，裁判员除了必须遵守比赛规则外，还必须遵守竞赛规程，遵守竞赛规程与遵守比赛规则一样都是促成比赛正常发展的重要途径。

担当比赛裁判既令人愉快又责任重大。最重要的是，裁判的职责就是执行《竞赛规则》。下面所列就是裁判的主要权限和职责。

一、主裁判员的职责和权力

（1）主裁判要起到培养年轻裁判，帮助年轻裁判尽快成长的作用。主裁判要在赛前、赛中和赛后指导和帮助年轻裁判员。比赛中，不能责怪年轻裁判员的判罚。

（2）主裁判应具有控制比赛的能力，能发现双方队员矛盾的焦点，执裁尺度等问题，并能与同伴及时沟通找出解决问题的对策。

（3）主裁判在比赛的关键时刻，或决定比赛胜负的时刻要敢于承担责任，对大的、明显的犯规和违例可不考虑区域分工的概念做出宣判。

（4）当情况需要时有权停止比赛。

（5）如果球队在得到通知后拒绝比赛，或以其行动阻碍比赛进行，有权判定该队弃权。

（6）在比赛时间结束时，或在任何认为有必要的时候，仔细地审查记录表。

（7）在比赛时间结束时认可和在记录表上签字，终止裁判员对比赛的管理和联系。裁判员应在预定的比赛开始时间前20分钟到达比赛场地，此时他们的权力应开始，当裁判员批准比赛时间结束时他们的权力应结束。

（8）每当有必要或裁判员的意见不一致时。为做出最终的决定，可与副裁判员、技术代表和记录台人员商量。

（9）当裁判在记录表上签字之前，有权运用技术设备决定每一节或任一决胜期结束时的最后一投是否在比赛时间内。

（10）有权对本规则中未明确规定的任何事项做出决定。

二、裁判员的职责和权力

（1）裁判员有权对不论发生在界线内或界线外包括记录台、球队席以及紧靠线后的区域所发生的对规则的违犯做出宣判。

（2）当发生一起违犯规则、一节结束或裁判员发现有必要中断比赛时，裁判员应鸣哨。在一次成功的投篮、一次成功的罚球之后或当球成活球时，裁判员不应鸣哨。

（3）当判定身体接触或违例时，裁判员应在每一个实例中注重和考虑下列基本原则：

① 规则的精神和意图以及坚持比赛完整的需要。

② 运用"有利/无利"概念中的一致性，裁判员不应企图靠不必要地打断比赛的流畅来处罚附带的身体接触，况且这样的接触没有给有责任的队员以利益，也未置他的对方队员于不利。

③ 在每场比赛中运用常识的一致性，要记住有关队员的能力以及他们在比赛中的态度和行为。

④ 在比赛控制和比赛流畅之间保持平衡的一致性，对于参与者们正想做什么以及宣判什么对比赛时正确的，要有一种"感觉"。

（4）如果一位裁判员受伤或因任何其他原因，在事故发生的5分钟内还不能继续执行职责，比赛应继续。除有可能以有资格的替补裁判更换受伤的裁判员外，另一位裁判员应单独执裁直到比赛结束。在与技术代表商议之后，另一裁判员将决定此可能的更换。

（5）对所有的国际比赛，如果有必要用口语使宣判清楚，则应适用英语处理。

（6）每一裁判员有权在他的职责范围内做出宣判，但无权不顾或质问另一裁判员做出的宣判。

三、裁判长的职责

（1）赛前：裁判长要提前到达赛区，了解赛区的准备情况；组织开好裁判员动员会；检查比赛场地、器材和技术设备；组织好赛前裁判员的身体素质测验；组织好裁判员规则、裁判法和规程的学习和讨论；开好裁判长、教练员联席会。

（2）赛中：认真安排好临场裁判员，公正、合理、因材使用，新老结合保证比赛正常进行；及时召开小结会，总结临场中存在的和今后临场中要注意的问题；不断征求竞赛部门、仲裁委员会和各个球队对裁判工作的意见，以密切与各有关单位的关系，以利改进工作，提高裁判员的判罚水平。

（3）赛后：做好赛区裁判员的总结工作，并向上级汇报，做好精神文明裁判员的评选工作，做好善后工作，写出书面总结，报告赛区情况。

第四节　篮球裁判员的魅力

虽然每个裁判员可能都遵守着同样的规则与规定，可是为什么每个裁判员带给大家的冲击却不一样呢？每个裁判员都会带给球员和教练某种印象，每个裁判员也都有个人的性格。有些裁判员看起来比较有魅力，而有些裁判员看起来就显得没有魅力。裁判员在临场时的风貌、举止、姿态、言谈、作风等综合体现出一种美。它与人的气质、修养、职业、长期养成的生活习惯及训练有关。优秀裁判员的共同特点，就是风度不凡、自信，在最需要的情况下能够保持冷静和稳定，通晓比赛并观察敏锐、智力聪慧。

裁判员的魅力与所用的身体语言有很大关系，裁判员的体态、着装、坐、站、走、跑，均能体现出裁判员气质与风度的高雅与粗俗。临场裁判员是用手势和哨声指挥比赛的。规范、大方、自然、美观、果断、有力的手势，是增添临场裁判员风采的重要因素。不巧的是，我们很少谈到有人在注意着我们。如果我们想提升我们的魅力以增加工作的效率时，我们就必须非常注意，别人怎样看待我们，经常地问别人的看法，以增加对自己的了解。注意别人怎样处理不同的情景，以及怎样使用身体语言，经常这样做的话或许可以增加我们的魅力。

每种技巧都可以学习，这当然包括吸引人的技巧与个人的领导与统御。

篮球裁判的魅力使你持续地参与你所热爱的运动，并从中得到更多的锻炼和乐趣。不错，裁判会遭到埋怨，但大多数人会明白：没有裁判，比赛会更糟。

当裁判是非常有意义和有价值的经历，能够给你带来终生的乐趣，获得更多友谊，许多终生友谊来自于裁判生涯。如果你想成为一名裁判，先问一下自己：您喜欢篮球吗？您愿意对比赛有所回报吗？您想积极参与吗？如果你对以上问题的问答都是"是"，那么就拿起哨让我们相聚篮球场上！

第五节　篮球裁判员的等级标准

国际级　　国家A级　　国家级　　　一级　　　二级　　　三级

我国篮球裁判员技术等级称号分为：国家A级裁判员、国家级裁判员、一级裁判员、二级裁判员、三级裁判员。对年龄较大，对篮球裁判工作做出贡献，不能担任临场裁判工作的老同志，另设荣誉裁判员称号。国际级篮球裁判员须经国际篮球联合会考核批准。

一、各级裁判员应具备的条件

（一）三级 Referee of third category（class C）

懂得篮球竞赛规则，并能在比赛中运用，或经过篮球裁判员学习班的学习，能担任区、县级篮球比赛的裁判工作。具备一定的组织、管理能力，懂得基本的篮球竞赛编排方法。

（二）二级 Referee of second category（class B）

熟悉篮球竞赛规则和裁判法，能在比赛中较准确的运用，具有一定的裁判工作经验。能胜任市县级篮球比赛裁判工作。

（三）一级 Referee of first category（class A）

熟练地掌握和运用篮球竞赛规则和裁判方法，具有一定的裁判理论水平和实践经验，基本具有篮球竞赛的全面裁判工作能力。在省级或相当于省级篮球竞赛中能胜任正、副裁判长职务。具有培训二级以下篮球裁判员的能力。熟悉篮球技术、战术及篮球裁判专业英语术语。

（四）国家级 National Referee

精通篮球竞赛规则及裁判方法，并能在临场比赛中准确、熟练运用，具有较高的理论水平和丰富的实践经验，具有组织篮球竞赛的全面工作能力。在全国篮球竞赛中能胜任正、副裁判长职务，并具有担任国际比赛裁判的工作水平。具有培训一级以下的各级裁判员的业务能力。掌握一门外语（英语），熟悉该项外文竞赛规则和裁判术语。

（五）国家A级 National Referee A

国家A级裁判员是中国篮协根据国家级裁判员的业务水平、体能、年龄及日常表现等因素综合评定出的优秀者，每年评出25～35名，他们将与国家级裁判员一起共同承担国内高水平的比赛任务。

（六）国际级 International Referee（FIBA referee）

精通篮球竞赛规则和裁判法中的全部内容，有良好的职业道德和较高的裁判业务水平；有较好的篮球技能和较高的篮球技术、战术理论水平。懂英语，特别要精通篮球场上、场下及比赛中的专业术语，能运用英语独立执行临场工作；在国际重大比赛中，能担任裁判长、副裁判长工作，具有培训国家级以下级别裁判员的业务能力。

（七）荣誉级 Honorary Referee

必须是模范遵守各项规定、思想作风正派、具有良好的职业道德和业务水平，并为篮球事业的发展做出较大贡献的、已从事篮球裁判工作20年左右，年龄50岁以上，已经不能担任临场执行裁判的国际级、国家A级、国家级或有特殊贡献的一级裁判员，可授予"荣誉裁判员"称号，并颁发"荣誉裁判员"证书。

二、申请篮球等级裁判员办法

具备申请篮球各等级的裁判员，必须由本人提出申请，申请的程序是：在现有级别基础上申请上一级别，没有等级称号的裁判员，必须由最低级别三级开始，逐步向高一级别申请。个人申请后，由基层单位，根据本人申请，考核其裁判实际情况。向有关批准部门进行推荐，申报国家级裁判员必须参加中国篮协组织的统一考试，一级裁判员必须参加省、市、自治区体委及篮球协会组织的考试。篮球裁判员各等级的考核标准及审批分别由不同级别的体育职能部门负责，现将篮球裁判员各等级的考核办法及审批权限简单介绍如下。

（一）三级 Referee of third category（class C）

本人先填写申请表，经所在单位和当地体育局同意，由各区、县体育局或相当于该类别的体育院校负责培训、考核和审批工作。培训、考核的主要内容为：临场执裁；理论（包括竞赛规则、裁判

员手册、篮球技、战术等）；体能（可参照国际篮联及中国篮协规定的体能测试办法）。

（二）二级　Referee of second category（class B）

本人先填写申请表，经所在单位和当地体育局同意，由各市、区、县级体育局或相当于该类级别的体育院校负责培训、考核和审批工作。培训、考核的主要内容：临场执裁；理论（包括竞赛规则、裁判员手册、篮球技术、战术等）；体能（可参照国际篮联及中国篮协规定的体能测试办法）。

（三）一级　Referee of first category（class A）

报考者须是获得二级裁判员称号两年以上、38周岁以下的人员。培训、考核和审批工作分别由各省、市、自治区体育局、国家体育总局原直属体育院校、行业体协及解放军总政宣传部体育局负责。培训、考核的主要内容为：临场执裁；理论（包括竞赛规则、裁判员手册、篮球技、战术和英语等）；体能（可对照国际篮联及中国篮协规定的体能测试办法）。

（四）国家级　National Referee

报考条件为：获一级裁判员称号两年以上、有良好的职业道德和较高的业务水平；男子在36周岁以下，女子在35周岁以下；参加全国正式比赛临场裁判工作两次以上；形体、仪表、气质良好；另外，对于条件优秀且年龄在25周岁以下者，在同等条件下优先晋级。考试科目为：（1）临场执裁；（2）理论（包括篮球竞赛的有关法规、竞赛规则、裁判员手册、篮球技、战术和英语等）；（3）篮球技术、战术实践；（4）体能测验（包括国际篮球规定的20米渐进折返跑和男子3000米、女子1500米）。此级别的晋升、考核由本人先填写申请表，经所在单位和当地体育局同意，再经省、市、自治区体育局的竞赛部门审核后报中国篮协，中国篮协裁委会审查合格后，下发参加考试人员名单。国家级裁判员晋升考核的审批原则是各项考试均需达到规定的及格标准，以临场考试为主，结合其他报考条件及平时表现综合评定。原则上中国篮协每两年安排1~2次该级别的考试。

（五）国家A级　National Referee A

国家A级裁判员是中国篮协根据国家级裁判员的业务水平、体能、年龄以及日常表现等因素综合评定出的优秀者，每年评出25~35名。

（六）国际级　International Referee（FIBA referee）

报考者必须是优秀的国家A级裁判员，有良好的职业道德和较高的裁判业务水平；年龄在35周岁以下，形体、仪表、气质较好；具备一定的英语听、说、读写能力，能运用英语独立执行临场工作；在中国篮协组织的英语考试中成绩合格。有较好的篮球技能和较高的篮球技、战术理论水平。国际级裁判员的晋升、考核由中国篮协在征得有关省、市、自治区等体育局的同意后，以中国篮协的名义向国际篮联推荐并申请参加国际篮联组织的考试。考核通过后，由国家体育总局予以公布。

（七）退休及荣誉裁判员　Honorary Referee

国际级和国家级裁判员执裁的退休年龄为50周岁，在该年度注册期内到年龄的裁判员即宣布退休，原则上不再安排执裁工作。中国篮协裁委会根据退休裁判员的思想素质、业务水平、组织能力、平时表现，向中国篮协推荐可担任技术代表的人员名单，经中国篮协核准后，安排担任赛区技术代表工作。

荣誉裁判员必须是模范遵守各项规定的优秀国际级、国家级（国家A级）或有特殊贡献的一级裁判员，思想作风正派，有良好的职业道德和业务水平；年龄在50岁以上，获得篮球裁判等级称号时间在15年以上；一贯积极努力从事篮球裁判工作，在裁判工作中未受过任何处分，并为篮球事业的发展做出较大贡献。

篮球裁判员执裁技巧

三、篮球裁判员临场考核及体能测试标准

（一）篮球裁判员临场考核评分标准

篮球裁判员临场考核评分标准

篮球裁判员临场考核评定内容		分值（100）
1.外 表	服装、整体形象、礼仪、充足的准备	10
2.体 能	体力、轻松的跑动、整场比赛一致的速度	10
3.裁判法	控制整个场地（无球区、插入、移动转换、连续移动）、处理罚球、技术犯规、计算5秒、8秒、抛球、同伴宣判犯规时保持不动	10
4.手 势	清楚、准确、与眼同高、站稳宣判、易见、保持联系	10
5.犯 规	有利/无利、撞人与阻挡、移动掩护、背后行为、用手、策应、保护投篮者和防守者、运用普通常识	20
6.违 例	有利/无利（非法移动）干扰球篮（进攻/防守）	10
7.合 作	像一个整体、保持目光联系、帮助同伴（记住罚球队员、得分有效/无效等）、技术犯规时的合作	5
8.比赛控制	预见性、遇困难时重新控制比赛、表现出勇气并保持整场一致的尺度	10
9.整体表现	勇气、比赛知识、对整场比赛有一致的感觉、对困难情况所做出的处理	10
10.纪 律	态度、工作精神	5

注：等级评价：优秀：90~100；良好：80~89；中：70~79；及格：60~69；差：60以下。

（二）篮球裁判员体能测试标准

（1）20米渐进折返跑（FIBA国际裁判测试标准——莱格尔跑）

性别	年 龄（岁）	时间（分）	20米折返次数	总距离（米）
男	20～29	12	108	2160
	30～35	11	97	1940
	36～40	10	86	1720
	41以上	9	76	1520
女	20～29	9	76	1520
	30～39	8	66	1320
	40以上	7	56	1120

（2）男子3000米跑、女子1500米跑测试标准

性　别	年龄（岁）	及格（分秒）
男	29以下	14'30"以内
	30～39	15'30"以内
	40以上	16'30"以内
女	29以下	7'30"以内
	30～39	8'30"以内
	40以上	9'30"以内

（3）篮球场见线折返跑（共3次，每次间隔1分钟）（中国篮协测试标准）

性　别	年龄（岁）	及格（秒）
男	29以下	33"以内
	30～39	35"以内
	40以上	37"以内
女	29以下	34"以内
	30～39	36"以内
	40以上	38"以内

注：原则上只进行第一、二项测验，特殊情况（如无磁带）进行第三项测验。

四、裁判员体能训练方法

几乎所有裁判员都是出于热爱才从事裁判工作的，但仅有热爱是不够的。当今世界篮球比赛向着"更高、更快、更强"的方向飞速发展，球场上竞争更加激烈，对抗性更强，攻防节奏、速度转换奇快。在整个比赛过程中，裁判员同运动员一样，要根据场上的情况，积极的奔跑，合理的选位，并做出准确的判断，这样才能适应快节奏的比赛要求。

研究表明：裁判员在执裁一场高水平的篮球比赛中奔跑距离为4000～10000米，期间要对场上出现的各种违反规则的行为做出迅速的反应和判罚（约50～100次），如果没有良好的身体素质，就会导致反应能力下降，跟不上比赛的节奏，跑不到位或抢不到间隙，有些动作就看不清，削弱对比赛的控制力，势必会降低宣判的准确性与合理性。

裁判员耐力训练主要是提高裁判员的摄氧、输氧及用氧能力，保持体力适宜糖元和脂肪的储存量以及提高肌肉支撑裁判员器官对长时间负荷的承受能力。发展一般耐力经常采用持续匀速负荷和变速负荷的方法，负荷强度一般应控制在接近无氧代谢的强度，心率控制在160次/分左右。

发展非乳酸性无氧代谢耐力，采用95%左右强度，心率可达180次/分的训练方法，重复组数可达5～6组，重复次数比组数少些为宜。发展裁判员速度耐力的主要练习方法如下。

（一）持续负荷法

这种训练方法主要提高有氧代谢水平，心率控制在160次/分左右。方法有：

（1）匀速跑：不少于3000米；

（2）变速跑：400米变速跑，快跑30米后变慢跑，如此反复。

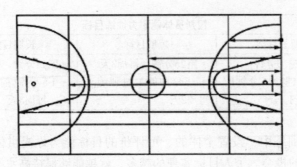

（二）间歇负荷法

这种训练方法为有氧和无氧混合代谢。负荷采用50%左右的有氧和50%左右的无氧进行，心率上限为28次左右/10秒，间歇时间是在没有完全恢复的情况下在进行一次练习。方法有：

（1）400米跑、100米快速跑、100米放松跑，反复进行；

（2）多组变距折返跑：从端线跑到罚球线返回--从端线跑到中线返回--从端线跑到另一罚球线返回--从端线跑到另一端线返回。要在33～35秒内完成，中间休息1分钟、45秒和30秒，重复跑3次。

（三）重复负荷法

这种训练方法主要提高无氧代谢水平，负荷的最大心率可达28次以上/10秒，组间休息以心率下降至15次左右/10秒再进行下一次练习。方法有：

（1）5～10组100米计时跑；

（2）不同强度的重复练习。

五、裁判员体能训练目标设置

裁判员体能训练需要做的一项工作就是将你的希望达到的目标列一张表，这些目标包括即刻目标、短期目标和长期目标。

目标设置是一个非常有用的方法，它可以帮助你集中注意、挑战自我，并能够激励你在篮球裁判上不断努力达到一个新的高度。

裁判员体能耐力训练目标		
即刻目标	短期目标	长期目标
• 今天跑15分钟 • 今天进行15分钟的力量练习	• 跑25分钟、每周3天 • 15分钟的力量训练、每周2天	• 跑45分钟、每周4天 • 15分钟的力量训练、每周3天

在训练中，设置个体的、可评价的目标能为你提供体验自我成就感的机会。个人目标实现的越多，就越能够保持高水平的机体动机。最后，有关目标设置需要注意的是："将你的目标写下来，而不仅仅只是想想。"这样做是要让你更清楚地记得自己制定的目标。同时还要记住一点，除了裁判之外，在生活的其他方面，目标设置同样会使你受益（如学业、工作和家庭）。

要设置的目标最好是一些能够实现并且能够评定的。尽管像"尽最大努力"这样的个人目标不像罚球准确性那样可以精确的测量，但你仍可以建立自己的评价系统。例如，在每次练习之后你可以对自己从1～10作出评价（1=一点也不努力，10=非常努力）。

第六节 篮球裁判员戒律

一戒偏：偏就是不公正。如果裁判员临场中偏袒一方，就会混淆是非，掩盖真像，颠倒黑白，达不到公正竞赛的目的。偏是引起球场风波的祸根之一。裁判员临场中要防偏，也要防止以偏纠偏。防偏的根本途径是提高自己的思想觉悟，培养高尚的裁判道德品质；业务上精益求精，判罚技术上求准再求准。

二戒怒：怒是裁判员临场中失去理智的一种表现，是激化比赛矛盾，引起球场风波的"导火索"。因此，在临场中，不管遇到如何复杂和如何尖锐的问题，裁判员都要沉着、冷静，要善于用规则处理。聪明的裁判员在临场中往往是以忍制怒，以理服人，依靠规则制乱。只有这样才能体现出"法官"的修养、道德和风度。

三戒贪：贪脏受贿，势必枉法。受贿赂的裁判员，临场中就不可能坚持原则，秉公执法。裁判员要尊重自己的人格，要爱护自己，爱护自己是"球征""公证人""执法官"的光荣称号。时刻要牢记：戒贪要警惕小恩小惠，逢迎谄媚，蓄意拉拢，甚至赤裸裸的利诱。戒贪要做到：清正廉洁不受贿，重金难买公正心，要做一个廉洁、正直无私、刚正不阿的裁判员。

四戒憎：如果裁判员陷入体育运动竞赛的关系网中，临场中又遇到"有深情厚谊"的哥们，或者得到"哥们"的嘱托，就不能自拔，就可能以感情代替规则，偏袒一方，坑害另一方。要戒情，就要做正直、正派的人，不搞拉拉扯扯，吃吃喝喝，只有这样，临场工作中才能不拘私情、铁面无私，才能六亲不认，执法如山。

五戒傲：裁判员无论何时，都不要骄傲自满自以为是、目中无人、固执己见、专项独行。不要做娇柔造作、鹤立鸡群之态。要言谈高雅而富有风趣，举止洒脱而平易近人，要谦逊、谨慎、落落大方、和蔼可亲。

六戒无精气神：裁判员无精气神，就不可能出现良好的临场状态，也就不可能很好地完成临场任务。因此，裁判员临场前要采取激发临场动机、做好准备活动、调节心理状态等准备，从中获得良好的精神面貌。在临场中，站立时，两眼要炯炯有神，抬头挺胸，走动时，步法要坚定有力；跑步时，步幅要大、要快，鸣哨要干脆利索；手势要清楚、美观、大方。

七戒优柔寡断：裁判员临场判罚中，不得表现出软弱无力，犹犹豫豫和举棋不定。在处理问题时，不得拖泥带水，否则，会失去运动员、教练员和观众的信任。戒优柔寡断，思想上要做到敢于挑重担，敢于担风险，敢于对自己负责，敢于对比赛负责，敢于对球队负责；在临场的具体行动上要做到：果断、果断、再果断。

八戒火上浇油：每当比赛中发生尖锐和复杂的矛盾时，首先，

要沉着、冷静。此时，千万不要说激化矛盾的话和做激化矛盾的事；不小题大作增加新的矛盾，不火上浇油乱中添乱。要缓和不良的比赛气氛。

九戒自我表演：裁判员在临场中，无论移动还是哨声，无论是手势还是表情，都要按着规则和裁判法的要求做，不得华而不实，不得添枝加叶，不得装腔作势，不得用各种各样的表情达到表现自己的目的，把比赛场当成显示自己、表现自己的场所。

十戒喧宾夺主：一场比赛，运动员是主体，裁判员是为运动员、比赛服务的。形象地来说，运动员是红花，裁判员是绿叶。因此，裁判员在场中绝对不能用自我表演的形式，把观众的注意力吸引到自己身上。

十一戒先入为主：先入为主的含义是：先接受了一种说法和思想，以为是正确的，有了成见，后来就不容易再接受不同的说法或思想了。结合裁判员的临场来说，对参赛队不能有任何成见，不能盲目带着"甲队比乙队强"的成见，不能盲目带着"甲队一定胜乙队"的框框从事临场工作。要知道，篮球比赛胜负的因素很多，比赛是千变万化的，小个胜大个，弱队胜强队是屡见不鲜的。裁判员如果有先入为主的思想，就不可能根据客观比赛情况公正执法。

十二戒主观臆断：主观臆断的含义是：不依据实际情况，单凭自己的偏见和臆测来断定。裁判员临场的判罚贵在求实，裁判员准确的判罚，来源于比赛的实证。因此，裁判员的判罚必须与比赛的客观实际相吻合，决不能主观臆断，它是错判、漏判、反判的根源。

十三戒一孔之见：是指裁判员在临场中观察面太小，并且顾此失彼，只看现象，不看实质。篮球比赛要求裁判员必须有广阔的视野和广宽的观察面，在观察比赛时要攻守结合，人球结合，场内和场外结合，有球区域和无球区域结合，只有这样全面观察才能眼观六路，耳听八方，才能看清、判准和罚对。

十四戒尺度过宽：裁判员判罚的尺度太宽表明衡量违犯规则的

行为不准。当运动员或教练员在比赛中的错误动作和不良行为不能及时受到应有处罚时，更会助长比赛中的暗动作、小动作、坏动作不断发生，甚至发展到打架斗殴。因此，裁判员判罚尺度不能宽，否则会失去对比赛的控制。

十五戒尺度过严：裁判员判罚尺度太严，同样表明衡量违犯规则的行为不准。把运动员在比赛中一些正常、合理的动作和行为，判罚成错误的动作和行为，并受到了不应有的处罚。其结果会使运动员在比赛中处处谨慎，事事小心，缩手缩脚，技战术不能发挥，造成比赛平淡无味。

十六戒尺度不稳：裁判员的判罚尺度要做到上半时与下半时一样，强队与弱队比赛一样，明星队员与一般队员比赛一样，开始与结束一样。不得"看风使舵""厚此薄彼"，要一视同仁。总之一句话，要想尺度稳定，首先自己心理要稳定。

第七节　篮球裁判员管理办法

建立裁判员各项管理制度的意义是：有助于造就一支纪律严明，高质量的裁判员队伍；有利于参赛者（队）充分发挥水平，表现出最佳成绩；有利于裁判员对基本权利和义务的执行；有利于调整裁判员的人际关系。

第一章　总　则

第一条　为建立一支有高度政治觉悟、良好职业道德、精湛业务水平、又红又专的篮球裁判员队伍，为提高我国篮球运动技术水平，根据《中华人民共和国体育法》、国家体育总局和中国篮球协会（简称中国篮协，下同）的有关规定，特制定本办法。

第二条　裁判员要严格执行竞赛规程、规则，坚持"恪守职业道德、公正准确执法"的原则，为运动队提供公平竞赛环境，保证竞赛公平、稳定、有序地进行。

第三条　裁判员必须政治立场坚定、热爱体育事业、热爱裁判

工作、钻研裁判业务，接受中国篮协和地方体委（地方篮协）的领导，努力做好本职工作，处理好裁判工作和本职工作的关系。

第四条　裁判员的技术等级称号为：荣誉裁判员、国际级裁判员、国家A级裁判员、国家级裁判员、一级裁判员、二级裁判员，三级裁判员。

第五条　在中国篮协注册的国际级、国家A级、国家级裁判员和技术代表均适用本办法。国际级、国家A级、国家级裁判员也必须服从所在地方体委（篮协）的管理。

第二章　管　理

第六条　各省、自治区、直辖市体委（地方篮协）、解放军、各行业体协、各直属体院的竞赛部门及中国篮协的会员组织，在与本办法不相冲突的条件下，可参照本办法制定有关的规定，负责对其所属裁判员（主要是一级及一级以下裁判员）的培训、考核及管理。

第七条　裁判员工作调动时，应出具现所在单位的证明并持裁判证书向所到地区体委（篮协）裁委会登记，继续参加裁判工作。

第八条　裁判员执行临场裁判任务或参加中国篮协（地方篮协）举办的裁判学习班、各类培训班等活动的表现，将作为其所在体委系统（地方篮协）对裁判员工作评估的内容，此评估内容也将成为中国篮协选派裁判任务的重要依据。

第九条　中国篮协裁判委员会是中国篮协下设的专门委员会，负责全国篮球裁判员的管理工作，并对国家级以上裁判员进行培训、考核、审批、管理和监督。

第十条　中国篮协裁判委员会的工作计划和日常工作由中国篮协裁判委员会常务委员会负责。

第十一条　中国篮协裁委会根据比赛计划分期向有关地方体委（篮协）公布本年度赛区技术代表、裁判长、裁判员工作安排计划。重要比赛的裁判员安排将采用临时通知的办法。

第十二条　裁判员须按规定的时间到赛区报到。如本人因故不能参加工作，须于报到前十五天通过所属地方体委（篮协）竞赛部门向中国篮协裁判委员会请假。

第三章　工作职责和要求

第十三条　裁判员要坚决遵守和执行中国篮协发布的有关规定，加强自身的修养，培养良好的职业道德和敬业精神，坚持原则、严于律己、服从大局、保持公正，自觉抵制各种不正之风和腐败现象。

第十四条　裁判员要努力学习和钻研业务，精通竞赛规程、篮球规则、裁判法；裁判员之间要相互学习、相互信任、相互尊重、相互支持、相互帮助，共同提高业务水平。

第十五条　裁判员须严格遵守《裁判员守则》，模范遵守赛区或培训班的各项规章制度。加强组织观念，接受技术代表和裁判长的领导，服从分配，维护团结。不得搬弄是非、传播流言蜚语或做不利于团结的事。

第十六条　临场裁判员要排除干扰，不殉私情，秉公执法，做到公正、准确、积极、稳定；要大胆管理，坚决制止违反体育道德的行为和暴力行为。

第十七条　裁判员（技术代表）要坚持原则，保持廉洁，严禁收受贿赂、超标准酬金或变相索贿。在赛区期间谢绝一切宴请、馈赠礼品或高消费娱乐活动；严禁在赛区饮酒和禁烟区吸烟，不得无故延长在赛区的滞留时间和进行公费旅游。

第十八条　认真开好赛前准备会；比赛中坚持"主裁副裁一致、主队客队一致、整场尺度一致"的原则；赛后认真总结，找出缺点、不足，及时总结经验、教训。

第十九条　裁判员临场时要摆正自身位置，应对中国篮协、运动队和观众负责，处理好严格执行规则和保证比赛顺利、流畅之间的关系，鼓励运动队（员）发挥水平、赛出风格。

第二十条　裁判员要加强体能锻炼，时刻保持良好的竞技状态，工作中要仪表端庄、精神饱满。在全国正式篮球比赛中必须穿着中国篮协指定（或认可）符合篮球规则规定的服装装备，并佩戴由中国篮

协颁发的各级胸徽。每年在赛区必须通过体能测验（各类培训班还将进行体能及理论测试）方能担任本年度裁判任务（具体测验标准附后）。

第四章　注册登记

第二十一条　国际级、国家A级、国家级裁判员实行年度注册制度。各省、自治区、直辖市体委，总政宣传部，行业体协，直属体院须于每年十一月一日至十五日之间，将所属的国家级以上裁判员名单统一向中国篮协办理注册。注册费:国家级100元人民币、国家A级150元人民币、国际级200元人民币（费用由裁判员个人负担）。

第二十二条　注册登记时须使用中国篮协统一编制的表格（附后）。未在规定期限内注册的单位或个人，将不安排下一年度的裁判工作。连续两年未在中国篮协注册，将自动取消其裁判员等级称号。

第二十三条　各地方体委（篮协）裁委会向中国篮协裁委会注册时必须上交一份上年度裁判员工作总结和下年度裁判工作计划，材料不全者不予办理注册。

第二十四条　根据每年的竞赛计划和注册情况，中国篮协裁委会安排技术代表、裁判长及主要裁判员（含个别一级裁判员）参加赛区工作。

第二十五条　中国篮协负责所属国际级裁判员向国际篮联的年度注册；凡国际级裁判员在国际篮联组织的复试中，体能、理论有一项不及格者，一年内将不安排境外裁判任务，自负国际篮联国际级裁判员注册费（120马克或等值人民币）；连续两次复试不及格者，两年内不安排境外裁判任务，自负国际篮联国际级裁判员注册费（120马克或等值人民币）；三次复试不及格者，取消其国际级裁判员称号。

第二十六条　在国家级裁判员中，根据裁判员的水平、体能、年龄及日常表现等情况，每年由中国篮协公布25～35名国家A级裁判员名单，他们将与国际级裁判员共同承担国内高水平比赛任务。根据个人执裁表现及评估情况，每年对国家A级和国家级裁判员人员进行升降，其调整人员比例每年为15%～20%。

第二十七条 在各篮球俱乐部和运动队任职的裁判员，中国篮协将不安排其参加有该俱乐部（运动队）参加的赛事裁判工作。

第二十八条 在中国篮协注册的裁判员，如应邀参加非中国篮协主办的跨省市、跨行业比赛的裁判工作，国际级裁判员必须向中国篮协裁委会申报批准；国家裁判员须经所在地体委（篮协）提出申请，获批准后由体委报中国篮协备案。

第五章 培训及考核

第二十九条 国家级以上裁判员的培训及各类专项培训班的组织管理机构为中国篮协裁委会下设的培训考核组。

第三十条 培训考核组负责拟定裁判员培训大纲，编写培训教材。根据各地方体委（篮协）的需要，派出裁判讲师赴各地主持各类裁判员培训班。

第三十一条 中国篮协裁委会将采用集中与分散相结合的办法，每年定期、不定期举办不同类型的裁判员（包括裁判长、技术代表等）培训班。培训班分类为高级班、中级班及各类专项班：

一、高级班，参加人员:国际级、国家A级及重点培养的国家级裁判员；

二、中级班，参加人员:国家级及重点培养的一级裁判员；

三、女子班，参加人员:女子国际级、国家级和重点培养的一级裁判员；

四、晋升班，参加人员:推荐报考国际级的国家A级裁判员；推荐报考国家级的一级裁判员。

五、技术代表班，参加人员:退休国际级、退休国家A级裁判员。

第三十二条 培训内容

一、英语；

二、职业道德教育；

三、篮球规则、裁判法；

四、中国篮协最新发布的规定、条例；

五、国内对规则及裁判法的统一认识；

六、国际篮联最新规则及对部分条款的最新解释；

七、体能测验第三十三条考核及使用一、中国篮协裁委会每年组织一至二次高级裁判员（国际级、国家A级）的英语及理论测试。考试合格的国际级、国家A级裁判员，有资格参加由中国篮协举办的国内高水平篮球比赛的裁判任务。理论考试（英语、理论）名次及综合排名列前五位的国家A级裁判员，且符合国际级裁判员报考条件的，有资格参加国际级裁判员候选人资格考试；结合临场水平，经综合评定名次排列后五位的国家A级裁判员降至国家级裁判员；国际级裁判员理论、英语、体能其中一项考试不及格的，将取消年度国内高水平比赛及境外国际篮联正式比赛执裁资格。

除各类培训班进行考核外，中国篮协裁委会将不定期进行专项业务能力的抽查（英语、理论、体能）；对考核合格的国家级裁判员将根据其考试成绩及赛区表现及业务能力，结合技术代表或裁判长推荐，名次排列前五位的将自动晋升到国家A级裁判员。

第三十四条 中国篮协举办的全国正式比赛，裁判员要按规定的时间到赛区向技术代表或裁判长报到。技术代表和裁判长将对裁判员进行身体素质测验；不及格者安排一次补测，补测不及格者不予安排临场裁判工作，差旅费自理。在赛区期间，每天要集中进行业务学习，理论学习、临场准备会、小结会、基本功训练、专题讨论等活动，不断提高业务水平。

第三十五条 中国篮协将有计划地邀请国际篮联技术委员会成员来华讲课，举办高级班或晋升班。被派遣参加重大国际比赛的裁判员回国后，须将总结以书面形式报中国篮协，并在裁判培训班上安排作专题报告。

第三十六条 各地方体委（篮协）应根据各自的裁判员发展规划和具体情况，拟定对所属裁判员培训计划及考核办法。

第六章 裁判员晋升

第三十七条 国际级裁判员的晋升考核

一、由中国篮协裁委会推荐，并征得有关省区市体委（篮协）的同意，以中国篮协名义向国际篮联推荐和申请，参加国际篮联组织的考试。经国际篮联考核批准后，由国家体育总局审批公布，发给证书、证章、胸徽。

二、报考条件

（一）必须是模范遵守各项规定的优秀国家A级裁判员，思想作风正派，有良好的职业道德和较成熟、稳定的裁判业务水平。

（二）年龄在三十六周岁以下（以临考时身份证出生日期为准），形体、仪表、气质较好。

（三）应具备一定的英语听说、读写的能力，能运用英语独立执行临场工作；在中国篮协组织的英语考试中成绩合格。

（四）有较好的篮球技能和一定的技战术理论。

第三十八条　国家级裁判员的晋升考核

一、由本人填写申请表（附后），经所在工作单位和当地体委（篮协）签署意见，送省区市体委（篮协），总政宣传部，行业体协，直属体院竞赛部门审核并报中国篮协。

二、经中国篮协裁委会审查合格后，下发参加考试人员名单。考试合格者发给证书、胸徽。

三、中国篮协裁委会根据情况，每两年安排一至二次考试。

四、报考条件

（一）思想作风正派，有良好的职业道德和一定的业务水平；

（二）晋升已达二年的优秀一级裁判员；

（三）男子年龄在35周岁以下，女子在35周岁以下（以临考时身份证出生日期为准）；

（四）参加全国正式比赛的临场裁判工作达两次以上。

（五）形体、仪表、气质良好。

（六）年龄在25周岁以下有培养前途者，在同等条件下优先考虑。

五、考试科目

（一）临场执裁；

（二）篮球竞赛的有关法规、规则、裁判法、篮球技战术理论；

（三）篮球技术、战术实践；

（四）英语；

（五）体能测验：（1）国际篮联20米渐进折返跑；（2）男子3000米，女子1500米。标准附后。

六、国家级裁判员晋升考核的审批原则是各项考试均需达到规定的及格标准，以临场考试为主，结合其他报考条件及平时表现综合评定。

第七章 退休及荣誉裁判员的审批

第三十九条 国际级和国家级裁判员执裁的退休年龄为50周岁，在该年度注册期内到龄的裁判员即宣布退休，原则上不再安排执裁工作。

第四十条 中国篮协裁委会根据退休裁判员的思想素质、业务水平、组织能力、平时表现，向中国篮协推荐可担任技术代表的人员名单，经中国篮协核准后，安排担任赛区技术代表工作。

第四十一条 荣誉裁判员

一、申报条件

（一）必须是模范遵守各项规定的优秀国际级、国家级（国家A级）或有特殊贡献的一级裁判员，思想作风正派，有良好的职业道德和业务水平。

（二）年龄在五十岁以上，获得篮球裁判等级称号时间在十五年以上；

（三）一贯积极努力从事篮球裁判工作，在裁判工作中未受过任何处分，并为篮球事业的发展做出较大贡献。

二、申报程序

（一）具备申报条件的裁判员，由本人提出申请，填写申请表（附后），经所在单位和当地体委（篮协）签署意见，由省、自治区、直辖市体委，总政宣传部和具备一级篮球裁判员审批权的行业体协和各直属体院审核后报中国篮协。

（二）经中国篮协审核同意后，由国家体育总局或国际篮联批准公布，授予荣誉裁判员称号并颁发证书。

（三）在每年裁判员注册时，各省、自治区、直辖市体委，总政宣传部限申报2名符合条件的荣誉裁判员。有一级篮球裁判员审批权的行业体协和各直属体院，限申报1名符合条件的荣誉裁判员。

第八章　奖励与处罚

第四十二条　国际级、国家级（国家A级）裁判员应积极参加各级比赛裁判工作。各省区市体委（篮协）裁委会应对其所管理的裁判员的政治表现和业务能力定期进行考核、评定。对表现优秀、工作成绩显著者，应给予表扬、奖励，或向中国篮协裁委会推荐参加高级别的晋升考试或重点使用。

第四十三条　对无故不参加基层裁判工作或表现不好的国际级、国家级（A级）裁判员，所属地方体委（篮协）可给予批评、警告或呈报中国篮协裁委会给予进一步处罚。

第四十四条　各赛区根据《全国体育竞赛赛区开展"体育道德风尚奖"评选活动办法和要求》的精神，严格按照有关的评选条件和要求，评选出1～2名体育道德风尚奖裁判员。

第四十五条　每年底，中国篮协裁委会公布荣誉篮球裁判员名单、获赛区体育道德风尚奖裁判员名单、国家A级裁判员名单。

第四十六条　中国篮协裁委会对违反国家体育总局、中国篮协有关规定的技术代表、裁判员的行为核实后，视情节轻重，报中国篮协纪律委员会予以处罚。处罚按《全国篮球竞赛处罚规定》中有关条款执行。

第八节　篮球裁判员现状

一、世界篮球裁判员的现状

在世界篮球发展史上有一个共识，那就是裁判员为篮球项目的

发展做出了不可磨灭的贡献。

（一）世界现役篮球国际级裁判员

2009～2010年参加过国际篮联裁判员复试班的裁判员共计1193名，通过复试的共计935名，还有258名没有通过复试，被停止了执裁资格。

（二）分布情况

现役裁判员在五大洲的具体人数分布

五大洲	非洲	美洲	亚洲	欧洲	大洋洲
人数	111	204	278	319	31
比例	11.8%	21.6%	29.5%	33.9%	3.2%

（三）培训情况

2006～2010年国际篮联共计在五大洲举办了92次国际级裁判员候选和复试培训班。除此之外，每年国际篮联都在欧洲举办"有发展前途的年青裁判员特别培训班"。而且，国际篮联及各洲际篮联还在101个国家为国家级裁判员举办了许多的培训班。

2004年国际篮联在全球开展了培养女裁判员的计划，主要是鼓励年轻的女运动员退役后继续留在篮球的大家庭里从事篮球裁判工作。当时，在众多的现役裁判员中只有55名女裁判员，只占现役总人数的5.5%。

因此，国际篮联要求各大洲为女裁判员举办特别培训班。这项计划现在已经结出了硕果，目前有104名现役女裁判员，占到现役总人数的11%。她们被指派到国际篮联的三大赛事、洲际女子锦标赛、女子U17、U19中执法，其中还有人被指派到世界男子锦标赛及其他男子赛事中执法。

每届世锦赛前国际篮联都要举办赛前培训班。赛前2天，来自5大洲的参赛裁判员汇聚一堂，各自介绍自己的执裁经验，主要集中在3人裁判法、执裁的精神面貌、比赛的控制、团队协作、体能锻炼、篮球裁判的生活方式和统一的执裁标准等。这些正在产生着积极的结果，裁判员对此极为欣赏。裁判员分小组学习，这样可以照顾到相互之间的交流。在培训班结束后进行体能测试。成功的世锦赛赛前裁判员培训班不断创新，不断进步，培养了一批又一批的世界级优秀裁判员。

（四）对裁判员的评估

在世锦赛和洲际锦标赛期间，裁判监督都要为裁判员做出评估报告，评估报告不仅包括临场表现，而且还包括个人品格、行为规范、执裁比赛的一般能力以及各方对该裁判的满意度。比赛结束后要将评估报告送达国际篮联秘书处，再由秘书处送达裁判员各自所属的协会，由协会告知本人。

二、我国篮球裁判员的现状

近年来，随着我国篮球运动的迅速发展，各种比赛活动不断增多，对裁判员的需求也在不断增加，对裁判员水平的要求也越来越高。因此，裁判员的人才资源储备直接影响我国篮球运动的发展。

（一）篮球管理中心注册裁判员

我国篮球裁判员众多，但卓有成效的裁判员缺乏。截至2010年10月，中国篮协登记在册的裁判员共有342人，国际级35人。而国内每年仅CBA和WCBA至少需要国际级裁判42人，因此，到2012年之前需补充近20名国际裁判员，才能满足国内外赛事的需求。中国裁判的理想数字是国际级裁判达到50～60名，这是裁判队伍努力的目标。

（二）分布情况

从目前我国篮协注册的篮球裁判员看，裁判员的地域分布不均，东部多于西部，篮球运动发展好的省份多于欠发达的省份，篮球裁判员男、女比例失调；裁判员执法年限，国内比赛场数较多，但国际比赛执法的场数较少，缺少执法大型国际比赛的经验。国际级裁判占注册人数的10.2%，高水平裁判缺失相对严重。

（三）培训情况

目前，在我国篮球的职业化进程中，篮球裁判的职业化进程是相对滞后的。至今为止我国还无职业裁判，裁判员中大部分职业是教师，有确切数字证明，CBA的裁判中有86%是大学教授，13%是机关、部队的在职人员，另有不到1%是从事其他职业的。裁判员队伍中整体学历水平较高，但英语水平较低，会话能力较差，缺少与国外优秀裁判员进行交流的机会，直接影响了裁判员对世界篮球运动裁判水平的了解。特别是对世界篮球运动的先进理念和先进技术动作了解甚少，与世界先进的裁判员执行裁判的方法缺乏接轨。

2010年9月中国篮协在北京体育大学和浙江宁波连续进行了两次裁判员的大规模考核，相当一部分裁判员因为业务考试不合格而被取消下赛季执法的权利。尤其是英语水平考试，不及格人数超过半数以上。

语言的障碍使我国裁判员难以胜任国际重大比赛关键场次的执法，特别是难以进入国际核心裁判队伍，国际赛场我们缺失话语权。

我国多数篮球裁判员执法机会和接受培训机会较少，培训形式比较单一，大专院校是初级裁判员的主要培养单位。基层裁判员的培训比较落后，直接影响我国篮球裁判员人才补充。裁判的发展速度跟不上篮球运动发展的速度。现行的以中国篮球协会为主的裁判员培训形式已不能满足广大篮球裁判员的理想需求。

第二章　给初学者

第一节　了解篮球竞赛规则演变过程

一、篮球运动的起源

1891年12月在美国马萨诸塞州斯普林菲尔德（Springfield）市基督教青年会国际训练学校（后为春田学院），该校体育教师詹姆斯·奈史密斯（James Naismith）博士发明了篮球运动，当年的篮球规则只有13条，奈史密斯博士于1939年去世，终年78岁。

他未曾料到，由他创造的篮球运动竟然在200多个国家流传着，而且至今美国篮球还誉满全球。为了纪念奈史密斯博士发明篮球运动的功绩，在春田学院校园内修建了美国篮球名人馆—詹姆斯·奈史密斯纪念馆。奈史密斯是加拿大安大略人，先在麦克吉尔大学攻读牧师学准备作牧师，但读了三年却发现自己根本不适当当牧师，他的兴趣是体育，但是麦克吉尔大学并没有这一科系，因此他忍耐到毕业，然后到了美国麻省的春田学院，谋得一个体育指导员的职位。由于春田学院是神职人员训练所，所以学员都是年轻力壮的小伙子，奈史密斯和他们相处得不错。

麻省的冬天在十一月就开始下雪，室外运动不得不停止，但当时的室内运动只有体操与器械操，学员们觉得无聊而无精打采。有一天，春田大学体育系主任高力克博士找奈史密斯说：学员们是因为没有适当的运动才如此无精打采，所以你去动点脑筋，想一种能引起同学活动兴趣的室内团体运动，让大家快活起来。

该校所在地是一个盛产水蜜桃的地方，各家各户都备有装水蜜桃

的篮子。一日，奈史密斯在市场上看见工人在搬运水蜜桃，卡车上的工人和卡车下的工人合作无间，用投掷水蜜桃的功夫代替搬运工，而且工人们投掷技术高明，每投必中，这一情景引起奈史密斯创编篮球的想法。詹姆斯·奈史密斯先生找来了两只桃篮，分别钉在键身房内看台的栏杆上，桃篮上沿距离地面的高度10英尺（3.05米），用足球做比赛工具，所以"篮球=足球+桃篮"，再以美式足球、欧式足球与冰上曲棍球的规则，拟定了游戏规则共13条。此时就在圣诞节前夕，也就是说，篮球运动是在1891年圣诞节假期前夕发明的。

就在圣诞节假期结束后的体育课上，奈史密斯将18位学生分成两队，每队9人。奈史密斯原来的构想是每队人数不限，主要是能够让全部的学生参与活动即可，所以每队上场球员最多允许40名，最少3名。主要规则是：把球丢进桶里算得2分，防守者第二次犯规要罚下场，直到对方进球后方可解禁再上场。如果一队犯规到第三次，则算对方得1分。值得注意的是：在最原始的规则中不允许球员运球或拍球，只允许传球或掷球到某一点，然后掷球员跑过去接球。同时也没有罚球的规定，罚球在1894年才纳入规则。奈史密斯在当初的比赛中为球员的职责与位置做一个划分，但名称都是沿用欧式足球与冰上曲棍球，如中锋、左右锋、左右卫、中场卫和守门员等。在比赛中奈史密斯不停地吹着哨子，纠正不合规则的动作，同时不停地叫着"传球"，还请两名校工，搬了两张梯子在桶子边等候。可惜两队直到最后才投进一球，比赛结果1∶0，尽管如此，学生们玩得兴高采烈，浑身大汗，一个个精神焕发，恢复了应有的活力。

没过几天，弗兰克·马洪这位学生来问奈史密斯说："那是什么运动？"奈史密斯一时之间不知如何回答，这位学生建议说："叫奈史密斯球如何？"奈史密斯说："不可，不可！"这位学生再建议说："那就叫篮球（Basket ball）怎么样？"奈史密斯即刻赞成。在初期制定的13条规则中，只有标题，而手写的"篮球"两个字，是后来加上去的。"篮球"这两个字一直使用到1921年才转化成一个字"Basketball"。这种游戏开创初期，碰上最大的一件麻烦事，就是篮框有底，每投中一次，球便留在篮子里，必须有人拿梯子爬上去把球拿下来，才能继续比赛。以后逐步将竹篮改为活底的铁质球篮，后又在铁篮上挂了线网。据说，后来取消篮底的原因是有一名慌慌张张的学生从梯子上摔下来了。这样一"摔"，使篮球有了突破性的进展。到1893年，形成了近似现代的篮板、篮圈和篮网。

奈史密斯30岁时便发明了篮球，但篮球诞生后近半个世纪始终被人们所忽略，直到1936年柏林奥运会上才受到应有的尊重。75岁高龄的奈史密斯随美国篮球队抵达柏林，但美国篮球队教练只负责他从美国到柏林的机票费，不承担其在柏林的旅馆费和入场券费用。而美国奥委会对此置之不理，使得这位篮球之父心情十分沉重。

国际业余篮球联合会首任秘书长威廉·琼斯则很尊重和敬佩他，不仅解决了他的旅馆费用，并邀请他为奥运会首场篮球比赛开球。开球前，琼斯向全体参赛运动员介绍了这位篮球发明者，奈史密斯受到大家的热烈欢迎。全部比赛结束后，琼斯又安排奈史密斯主持发奖仪式，并授予他一枚奥林匹克特别勋章，以表彰他发明篮球的功绩。当一位德国小姑娘向他敬献月桂冠时，奈史密斯欣喜若狂，激动得把帽子抛向天空。

奈史密斯于1939年逝世。为了永远怀念这位篮球运动先驱，国际篮联在1950年第一届世界男子篮球锦标赛期间举行的第一次中央局会议上，决定把世界男子篮球锦标赛的金杯命名为"奈史密斯杯"。

二、 篮球竞赛规则的演变

篮球运动在1891年发明之后，从游戏化进入比赛化，1892年，史密斯先生制定了最早的篮球竞赛规则，共有13条。1892年1月正式运用于比赛中。

篮球运动与竞赛规则自诞生起，共同走过了一百年的历史，是

规则激发了篮球运动无限的活力和魅力，而篮球技战术的发展又使得规则不断的改进和革新。规则的修改，促进了篮球运动的发展，而篮球技、战术水平的不断提高，又促进了对规则不完善地方的适当修改或补充，从而使篮球运动向健康的方向发展。

规则与篮球技、战术就像生产力与生产关系一样，是相辅相成、相互依赖、相互促进的关系。规则通过肯定、否定、允许或不允许，来保证篮球比赛的正常进行，促进篮球运动的健康发展。球场上符合规则的动作，就是正确的动作，反之是错误动作。

这原始的13条篮球竞赛规则，虽然不系统、不完整，有些条文还不够明确，但对初期篮球运动的发展起着很大的推动作用。规则从最初的13条发展到现在的50余条，期间条文曾经多达92条。篮球技、战术从原来的简单、低级发展到现在的高级水平，都是规则与技、战术许多年来相互促进的结果。如运球技术从最初的以肘关节为轴发展到现在的以肩关节为轴，正是因为规则对发展中的技术不断肯定的结果。现在规则明确指出：运球结束的标志是双手触球的一瞬间或运球的手掌心向上，以及大拇指超过垂直面时。如掌心始终向下，大拇指未超过垂直面，球是不可能在手上有停留的。所以，以肩关节为轴的大臂运球与单手后拉、后转身运球的现代技术就以法定的形式肯定下来。再比如：投篮技术的发展，从最初的原地双手胸前投篮，发展到现在的自上而下的扣篮与单手或双手的补篮等高超的技术，规则明确规定都算队员在做投篮动作。因此，扣篮、补篮等现代技术就得到了迅速发展。而近年来，比赛中出现后仰跳投、后撤步跳投、勾手跳投等多种形式的技术，也是因为规则对攻守技术强调了垂直面的原则、腾空队员原则等几个处理身体接触与犯规的基本原则所决定的。在犯规处理上，特别强调了攻守平衡的指导思想，迫使和促进了投篮队员为摆脱防守、避免撞人犯规而采取的各种形式的跳投技术，以达到得分的目的，推动了防守战术的不断发展等。

国际篮联技术委员会每年都要定期开会，努力使篮球规则保持良好的状态，引领技术官员（裁判员、技术代表）提升到更高的执法水平，使规则的状态与篮球的比赛水平相辅相成、携手共进，甚至要求技术官员的水平还要领先于篮球比赛的水平。修改规则其中一个主要目的就是为了促进篮球技、战术进一步的发展，并限制粗暴动作，使比赛向文明、干净及紧张激烈和富有魅力、有活力的方向发展。

规则修改目的，遵循的原则是：

（1）为了把规则解释得更加清楚；

（2）使规则简单化；

（3）为裁判员和参赛各方指明方向；

（4）减少规则中繁多的解释和例外。

（一）篮球初期规则的制定

在创造和设计篮球游戏的最初阶段，詹姆斯·奈史密斯先生就提出了5条制定篮球比赛的原则，根据这5条原则，1892年，詹姆斯·奈史密斯先生亲自制定出了最早的篮球竞赛规则，共有13条。1892年1月正式运用于比赛中。

（1）初期规则的5条原则：

① 篮球运动是用手进行的运动，球是圆形的。

② 手里拿着球走或跑是不允许的。

③ 只要不影响对方队员，运动员可以到场上的任何地方。

④ 队员之间不允许发生身体接触。

⑤ 篮筐安装在高处，应是水平的。

（2）最早的13条篮球规则：

① 队员可以用单手或双手向场上任何方向扔球。

② 队员可以用单手或双手向任何方向掷、打球，但绝对不允许用拳头击球。

③ 队员不能带球走。

④ 如球出界，由第一个触球的对方队员掷球入场。如有争议，由裁判在靠近出界的边线外将球掷入场内，双方争夺，继续比赛。

掷界外球允许5秒钟，如果超过5秒钟，则由对方在同一地点掷界外球。

⑤　主裁判员是球员的裁判，他有权判定犯规。当某队连续犯规3次，他将通知副裁。

⑥　不允许队员用肩撞、手拉、手推、手打、脚绊等方法对付另一方的队员。任何队员违反此规则，第一次被认为是犯规，第二次就要停止比赛，直到命中一个球以后才能重新上场比赛。如果有意伤害对方队员，就要取消他参加整场比赛的资格，而且不允许替补。

⑦　用拳击球则违反第二条规则。

⑧　如果任何一方连续犯规3次，就算对方命中一球（连续犯规是指在一段时间里，对方队员未发生犯规，而本方队员接连发生的犯规）。

⑨　如果某队没有触到球或干扰球，当球投进并停留在篮圈里就算命中；如果球处于篮筐上方而对方队员触动了球筐，算命中一球。

⑩　主裁判员有权宣布取消某队员的比赛资格。

⑪　副裁判员是球的裁判，他可以决定什么时候球在比赛中，并要记时、决定球的命中、记录命中的球数以及通常裁判员应该完成的责任。

⑫　比赛在两个15分钟内进行，中间休息5分钟。

⑬　命中多的一方为胜，如果出现平局，通过双方队长同意，比赛可以延至再命中一个球为止。

上述的13条规则，虽然不系统，也不十分完整，但它毕竟是篮球运动发展史上的第一部规则，它对日后篮球运动的发展，做出了一种宏观上的框定。

（二）历年修订规则的重点

篮球规则是技战术的法规，规则的修改不是盲目的，每次规则的修改都直接影响着篮球运动的发展方向。因此，历年规则修改重大改变及意义如下：

（1）篮球规则的演变与修改，促进高大球员的身体素质和篮球技术、战术的全面发展。

在篮球运动发展比赛过程中，曾出现高大球员左右胜负的倾向，例如1956年第十五届墨尔本奥运会上，美国队出现身高2.1米的球员在篮下无所限制地要球得分，最后轻取冠军。因此规则进行修改，例如：

1932年规则增加了3秒钟的规定。

1948年限制区范围从180厘米扩大到360厘米。

1949年限制区范围由360厘米扩大到600厘米。

1957年限制区形状变为梯形。

1982年国际篮球总会曾考虑采用长方形，但未实施。

2010年开始限制区改为长5.80米、宽为4.90米的矩形区域。限制区对高大队员活动范围做出了严格限制。

其他修改规则的重要状况有：

1898年一手运球改为可以换手运球。

1901年规定运球球员不能投篮，1908年改为运球球员可以投篮。

1935年确定上场球员5人，打破前锋、后卫、中锋不能越区的阶梯打法。

1936年取消面对防守、二人防守一人为侵人犯规的规定。

1960年规定10秒进入前场、中线回场违例。

2000年将10秒改为8秒，2004年又将8秒规则改为连续计算。8秒规则和回场违例的规定，鼓励勇往直前的精神和打法，从而加快了比赛的速度。

2010年球场的限制区（三秒区）将会由梯形改成长方形；三分线的距离将会从6.25米增加到6.75米。

（2）篮球规则的修改促进篮球比赛的连贯性。

1913年之前篮网未剪开，该年开始剪开，投中不会延误。

1894年每次投中、罚中必须中圈跳球。

1935年投中、罚中后，由对方在端线发球进攻。

1892年具体规定正式比赛场地。

1895年增设篮板4英尺宽、6英尺长的篮板（1英尺=0.3048米）。

1975年增加球员用手抓篮圈判技术犯规。

2010年增设合理冲撞区。以篮圈的中心在地板上的映射为原点，以1.25米为半径，划出一个半圆，这个区域为合理冲撞区，在这个区域只有阻挡犯规，没有带球撞人。

（3）篮球规则的修改大大提高比赛的速度。

1936年德国柏林奥运会篮球冠军美国以19∶8击败加拿大；1952年第十五届芬兰赫尔辛基奥运会篮球决赛，美国以36∶35击败前苏联获得冠军。为何会出现如此低分？因为各队在领先时都采取拖延战，直到比赛时间结束为止。1953年欧洲杯男子篮球锦标赛前苏联与匈牙利决赛时，前苏联队领先，竟然出现控球长达18分钟之久，为此匈牙利队静坐抗议以示不满。因此规则又做修改：

1956年增订30秒必须投篮规定及增设30秒定时器。

2000年将30秒规则改为24秒。24秒规则给篮球比赛带来了崭新的局面，使比赛呈现出高速度，快转换，大比分。

1961年罚球10秒改为5秒；替补30秒缩短为20秒。

1973年球回后场及10秒未进入前场违例，由最后3分钟扩大到整场比赛使用。

2010年，24秒钟规则修改为：如果受其他相关规则要求，掷球入界要在后场进行，那么24秒钟装置应复位为24秒。如果受其他相关规则要求，掷球入界要在前场进行，那么24秒钟装置应按照以下规则复位：如果比赛停止时，24秒钟装置上显示的时间大于或等于14秒，24秒钟装置将不复位，应保持原来所剩的时间。如果比赛停止时，24秒钟装置上显示的时间小于或等于13秒（包括13秒），24秒钟装置应复位为14秒。

2010年，增设掷球入界线。在比赛场地外、在记录台和球队席区域对面标出两条小线，其外沿距端线内沿的距离为8.325米。换言之，这两条小线应与三分线弧顶平行。在比赛最后两分钟以及决胜期的最后两分钟内，如果已准予应在本队后场发球的队一次暂停，那么暂停结束后，应从记录台对面的"掷球入界线"执行掷球入界，而不是目前的中线延长线。

（4）篮球规则演变与修改，促进篮球运动向更健康的方向发展。

理论上篮球运动是不允许有身体的接触，但是10名球员在有限场地内进行高速奔跑、跳跃、急停等动作，不可能避免身体接触，因此身体接触的程度便成为规则修订的主轴。

1948年最后3分钟，前场发生侵人犯规，由对方罚球两次。

1961年又将最后3分钟改为最后5分钟（同上一条）。

1973～1977年间，国际篮球总会秘书长威廉·琼斯，针对侵人犯规采取了3条新的措施。

① 增加全队每半时犯规累计10次规定，超过10次的犯规由对方罚球两次。

② 对正在投篮的队员犯规，除投中有效之外，再判加罚1次。

③ 对正在投篮球员犯规，如未中篮，判给3加2罚球。

1980年国际篮球总会再次修改规则：

① 对正在投篮中的球员犯规，如未中篮，判罚3次。

② 全队半时犯规总数由10次缩减为8次。

③ 教练或随队人员被判3次技术犯规，判其离场。

④ 为保护裁判与工作人员，保安人员可进入场内。

⑤ 裁判有权宣判规则中未提及的事务。

1984年全队犯规次数由8次降至7次，现在降至全队每节4次犯规的规定。

第二节　掌握篮球裁判员基本术语

一、裁判人员（official）

1. 裁判员：officials

2. 裁判长：chief referee

3. 主裁判：referee

4. 副裁判：umpire

5. 国际裁判：international referee（FIBA referee）

6. 国家A级裁判员：national referee A

7. 国家级裁判：national referee

8. 一级裁判员：referee of first category（class A）

9. 二级裁判员：referee of second category（class B）

10. 三级裁判员：referee of third category（class C）

11. 荣誉级裁判员：honorary referee

12. 前导裁判员：the leading official

13. 中央裁判员：the centre official

14. 追踪裁判员：the trailing official

15. 做出宣判的裁判员：the referee calling the decision

16. 另一裁判员：the other referee

17. 执行裁判员：the active referee

18. 配合裁判员：the free referee

19. 裁判员及其助理人员：officials and their assistants

20. 主裁判的职责和权力：duties and powers of referee

21. 裁判员的职责：dunes of officials

22. 裁判员手势：official's signals

23. 裁判员的位置：location of official

24. 记录台：scorer table

25. 记录员：scorer

26. 助理记录员：assistant scorer

27. 技术代表：commissioner of chairman

28. 计时员：time keeper

29. 24秒钟计时员：twenty – four operator

二、违例（violation）

1. 违例：violation

2. 跳球违例：jump ball violations

3. 罚球违例：free throw violation

4. 两次运球：double dribble

5. 持球移动：progressing with the ball

6. 3秒违例：three – second violation

7. 5秒违例：five – second violation

8. 8秒违例：eight – second violation

9. 24秒违例：twenty – four second violation

10. 掷界外球时违例：violations of the throw–in from out–of–bounds play

11. 拳击球：striking ball with the fist

12. 脚踢球：kicking the ball

13. 带球跑：travelling

14. 干扰球：interfere with ball

15. 进攻队干扰球：interfere w1th the ball on offence

16. 防守队干扰球：interfere with the ball on offence

17. 球回后场：ball returned to back court

18. 出界，界外：out—of—bounds

19. 争球：held ball

20. 罚则：Penalty

21. 罚球：free throw

22. 三次罚球：three free throw

23. 二次罚球：two free throw

24. 一次罚球：one free throw

三、犯规（foul）

1. 犯规：foul

2. 推人：pushing

3. 拉人：holding

4. 阻挡：blocking

5. 撞人：charging

6. 绊人：trip

7. 打架：fighting

8. 侵人犯规：Personal foul

9. 技术犯规：technical foul

10. 非法用手：illegal use of hands

11. 故意犯规：intentional foul

12. 双方犯规：double foul

13. 身体接触：personal contact

14. 五次犯规：five fouls

15. 队员犯规：the foul by the player

16. 全队犯规：team fouls

17. 掩护犯规：screen foul

18. 垂直原则：principle of verticality

19. 圆柱体原则：cylinder principle

20. 合法防守位置：legal guarding position

21. 替补队员犯规：the foul by the substitute

22. 控制球队犯规：foul by team m control of the ball

23. 取消比赛资格的犯规：disqualifying foul

24. 对投篮队员的犯规：the foul was committed on a player

25. 特殊情况下的犯规：fouls in special situations

26. 违反体育道德犯规：unsportsmanlike foul

27. 教练员犯规：the foul by the coach

四、场地、设备（court and equipment）

1. 球场：playing court

2. 界线：boundary line

3. 端线：end line

4. 边线：side line

5. 中线：center line

6. 分位线：lane place line

7. 罚球线：free throw line

8. 三分线：three Point line

9. 前场：front court

10. 中场：mid court

11. 后场：back court

12. 罚球区：free throw lane

13. 限制区：restricted area

14. 位置区：lane place

15. 中立区：neutral zone

16. 三分投篮区：three—Point field goal areas

17. 球队席：team bench

18. 球队席区域：team bench areas

19. 替补队员席：substitute bench

20. 中圈：centre circle

21. 球篮：basket

22. 本方球篮：own basket

23. 对方球篮：opponent's basket

24. 篮圈：ring

25. 篮网：net

26. 篮板：backboard
27. 篮架：basket Support
28. 篮架支柱：basket Post
29. 开表：game clock
30. 停表：stop the clock
31. 全队犯规标志：team foul marker
32. 犯规次数牌：foul markers
33. 记录表：score sheet
34. 比赛计时钟：same clock
35. 记分牌：scoreboard
36. 替换：substitution

五、球队（team）

1. 球队：team
2. 主队：home team
3. 客队：guest team
4. 阵容：line-up
5. 成员：member
6. 队员名单：list of players
7. 队员：player
8. 队长：captain
9. 前锋：forward
10. 后卫：guard
11. 中锋：centre pivot
12. 主力队员：leading player
13. 替补队员：substitute
14. 同队队员：teammate
15. 对方队员：opponent
16. 进攻队员：offensive player

17. 防守队员：defending player

18. 持球队员：the player with the ball

19. 投篮队员：shooter

20. 罚球队员：free-thrower

21. 跳球队员：jumper

22. 运球队员：dribbler

23. 掩护队员：screener

24. 策应队员：the pivot player

25. 受伤队员：in juried player

26. 腾空的队员：the player who is in the air

27. 随队人员：team follower

28. 犯规队员：off ending player

29. 控制球队员：a player who controls the ball

30. 不控制球的队员：a player who does not control the ball

31. 掷界外球队员：the player taking the throw-in

32. 不持球队员：the player without the ball

33. 非跳球队员：non-jumper

34. 领队：team leader

35. 观众：spectator

36. 进攻队：attacking team

37. 防守队：defending team

38. 优胜队：wining team

39. 教练员：coach

40. 助理教练：assistant coach

41. 队员号码：number of player

42. 队长号码：number of captain

43. 上半时比分：score of first half time

44. 下半时比分：score of second half time

45. 决胜期比分：score of extras period

46. 比分相等：tie score

47. 最后比分：final score

48. 比赛场数：game played

49. 比赛胜负：decision of a game

50. 最终名次：final Place

51. 请求暂停：charged time-out

六、比赛与定义（game and definition）

1. 比赛：game

2. 比赛时间：playing time

3. 比赛休息时间：interval of play

4. 第1节：first period

5. 第2节：second period

6. 第3节：third period

7. 第4节：fourth period

8. 决胜期：extra period

9. 比赛开始：beginning of game

10. 时间开始：time in

11. 时间暂停：time out

12. 比赛结束：end of game

13. 停表：stop the clock

14. 中断比赛：suspension of play

15. 拖延比赛：delay the game

16. 比赛时间终了：expiration of playing time

17. 比赛时间结束：end of playing time

18. 球的状态：status of the ball

19. 球成活球：ball become alive

20. 球成死球：ball become dead

21. 死球期间：dead ball period

22. 活球：live ball

23. 死球：dead ball

24. 球权：possession of the ball

25. 拍球：tap the ball

26. 控制球：control of the ball

27. 队员控制球：a player is in control of the ball

28. 球队控制球：a team is in control of the ball

29. 掷界外球：throw – in from out – of – bound

30. 队员出界：player out – of – bound

31. 球出界：ball out – of– bound

32. 投篮：shot

33. 投中：a field goal

34. 罚球中篮：a goal from a free throw

35. 最后一次罚球：last free throw

七、常用统计（Statistics）

1. 个人统计：box score

2. 场数：games

3. 每场得分：points per game

4. 总得分：total points

5. 助攻：assist

6. 篮板：rebound

7. 防守篮板：defensive rebound

8. 进攻篮板：offensive rebound

9. 封阻：block（shot）

10. 抢断：steal

11. 失误：turnover

12. 投球：field goal

13. 投射（次数）：field goal attempted

14. 命中（次数）：field goal made

15. 投球命中率：field goal percentage（FGM/FGA）

16. 罚球：free throw

17. 罚球命中率：free throw percentage

18. 三分球命中率：3 point percentage

19. 失误与助攻比率：assist per turnover （APG/TPG）

20. 得分或篮板助攻等任何2项统计数字达到双位数：double-double

21. 得分或篮板助攻等任何3项统计数字达到双位数：triple-double

22. 每场上阵时间统计：minutes per game

23. 最有效率球员：Efficiency Formula

八、组织竞赛（organize the contest）

1. 国际篮球联合会：International Basketball Federation（FIBA）

2. 亚洲篮球联合会：Asian Basketball Confederation （ABC）

3. 中国篮球协会：Chinese Basketball Association （CBA）

4. 中国大学生篮球协会：China University Basketball Association （CUBA）

5. 组织委员会：organizing commission

6. 竞赛委员会：competition Commission

7. 锦标赛：championship

8. 邀请赛：invitational tournament

9. 友谊赛：friendly match

10. 篮球联赛：league basketball matches

11. 竞赛：contest

12. 预赛：preliminary contest

13. 半决赛：semi – final

14. 决赛：final contest

15. 规程：regulation

16. 秩序册：programmet

17. 比赛日程：schedule of play

18. 比赛方法：method of play

19. 比赛场数：game played

20. 胜场数：wins

21. 负场数：losses

22. 单循环：single round-robin

23. 双循环：double round-robin

24. 小组循环：group round-robin

25. 淘汰制：elimination system

26. 抽签：draw lots

27. 第一轮：first round

28. 开幕式：opening ceremony

29. 闭幕式：closing ceremony

30. 发奖式：prize-giving ceremony

31. 成绩册：tournament result

32. 总分：total point

33. 积分：point

34. 最后比分：final score

35. 比分相等：tie score

36. 优胜队：wining team

37. 负队：losing team

38. 比赛胜负：decision of the game

39. 最终名次：final standing

40. 得失分率：goal average

41. 成绩公布：announcement of result

42. 公报：bulletin

43. 奖杯：cup

44. 奖品：prize

45. 冠军：champion

46. 亚军：runner – up

47. 第三名：third place

48. 金牌：gold medal

49. 银牌：silver medal

50. 铜牌：bronze medal

九、篮球比赛宣告员用词（以第28届奥运会篮球比赛为例）

1. Please both sides players stop exercise and ready for matching in.

请双方运动员停止练习，准备入场。

2. The 28 the Olympic Games Men's（Women's）basketball competition team A versus team B now begins.

第28届奥运会男（女）篮球比赛A队对B队的比赛现在开始。

3. Introduce the players, the coaches and the officials.

介绍运动员、教练员和裁判员。

4. Team A,player NO.4 X ……NO.15 Y.

A队运动员4号X……15号Y。

5. Coach Z,Assistant P.

教练员Z，助理教练员P。

6. Team B,player NO 4 L ……NO 15 M.

B队运动员4号L…15号M

7. Coach N,Assistant Coach O.

教练员N，助理教练员O。

8. The referee is C international grade from D. The umpire is E international grade from F.

担任本场比赛的主裁判员C，国际级，D，副裁判员E，国际级，F。

注： 上述D和F均表示该裁判员的国籍。

9．Three minutes more.

距离比赛开始还有3分钟。

10．The second period is over, break fifteen minutes.

第二节 比赛结束，休息15分钟。

11．Time out by G , Substitution by H.

G队请求暂停，H队要求换人。

12．Time is up.

暂停时间到。

13．No.6 five fouls.

6号队员5次犯规。

14．Team I has already two time outs.

I队已经两次暂停。

15．This morning （This afternoon, This evening） matches are over, good bye.

今天上午（下午、晚上）的比赛全部结束，再见。

16．Now the match has been on for ten minutes already.

现在比赛已进行了10分钟。

17．Now there are five minutes left.

还剩5分钟。

18．Now the score is thirty to twenty five.

现在场上比分30：25。

19．Team J is leading.

J队领先。

20．The winning team is K.

K队获胜。

第三节 打好扎实的裁判员基本功

篮球裁判员的基本功是裁判员在临场工作中所运用的专门技术动作。包括手势、哨声、基本步伐、默记秒数和抛球等。这些都是在比赛中经常要用到的，而且直接展现在大家面前，展现裁判员的自身魅力与体现自身素质。裁判初学者必须重视和加强基本功的学习和训练。把裁判员的基本功放在第一位，并在此方面狠下功夫。

熟练地掌握裁判员的基本功并经长期的磨炼，反复多次的练习和临场实践并不断总结经验教训，才能达到炉火纯青的地步。

裁判员的基本功，主要包括以下几个方面。

一、裁判员的手势

（一）手势在临场中的重要性

手势是裁判员必须会说的"语言"，裁判员的手势是临场中无声的语言。手势是指人类用语言中枢建立起来的一套用手掌和手指位置、形状的特定语言系统。由于越来越多的观众对篮球比赛增加了兴趣，以及传播范围的扩大，裁判员在场上准确地宣判比赛是十分重要的。裁判员向每一个人清楚地指明发生了什么是必不可少的。裁判员的手势是国际篮球运动中的共同语言，是临场裁判员指挥比赛的重要工具，是裁判员之间，裁判员与教练员、运动员、记录台之间的联络信号和纽带，是规则中的一部分。一场比赛从开始到结束，裁判员都离不开手势，每一个手势都有其含义，必须严格按照规则中的规定和要求，做到清楚、准确、果断、美观、大方。手势能够直观、简练和鲜明地表达比赛中所发生的一切问题。它不受躁杂声音、距离远近、观众多少的影响，能快速、清楚、正确地传递给球场内、外的所有人员。

（二）训练要求

（1）手势要规范化。手势必须要严格按规则要领去做，反复训练。临场裁判员必须精通规则中规定的59个手势，并在所有的比赛中必须只使用国际篮联正式的手势。坚决杜绝"创造"手势和"滥用""乱用"手势的现象。

（2）手势要清晰、大方。临场裁判员临场宣判时，必须以裁判手势为主，行动比讲话更有力，只在必要时才使用声音、手势与语言相结合。做出一个手势，头、手臂、腰、躯干与脚步等动作都要配合好。造型必须清楚、大方，并稍有停顿。

（3）手势要有力度，有幅度，体现果断。训练中，必须从难、从严、从实战出发，每训练一个动作，必须要用力，要伸展，体现宣判的果断性。临场裁判员的手势必须与比赛中所出现的客观情况吻合。

（三）实践中常见的问题

（1）手势不全、不规范、乱而杂。

（2）手势缺乏节奏，不大方、不自然、不美观。

（3）手势矫揉造作，哗众取宠。

（4）手势与运动员违例、犯规动作不吻合。

（四）手势的练习方法

（1）单个练习。按照裁判员手势图的要求，逐个练习，动作标准定型，达到熟练地掌握。

（2）自己对着镜子练习手势，发现不规范的手势，及时纠正。根据自己的身材做出最佳造型。

（3）两人一组，一人根据口令打手势，另一人根据要求，协助其纠正。

（4）组合练习。结合鸣哨和犯规或违例处理程序，综合性地练习手势。

（5）模拟练习。可以自己假设场上的违例或犯规的各种情况，自己出题，自己练习，也可以由其同伴出题进行练习。在集体练习时，可以由一人出题，集体练习等。

（6）实战中磨练。在每次临场时，注意手势的宣判，赛后及时进行总结。

（7）在实际临场中注意提高应用手势的能力和节奏。

（五）手势在比赛中的注意事项

（1）手势应保持明快和简洁，不必有戏剧性的或过火的表演。

（2）停表手势必须十分清楚，所有裁判员必须以伸直的手臂于空中；犯规时一拳紧握；违例时，伸开手掌和手指并拢，停止比赛计时钟。技术犯规、违反体育道德的犯规、取消比赛资格的犯规、跳球情况的手势需停止比赛计时钟。

（3）所有做给记录员的手势必须：

① 迅速跑动到离记录台6~8米地方。

迅速跑动时不是走动，不要低头跑。选择位置时，无障碍空间位置即可，没有必要一定要到中线处。停步站立，可采用二步缓冲停步，不要突然停步，脸朝记录台，不要东张西望。

② 站立报告。不能边走边报告手势，停步的一瞬间就可以报告了，很自然地衔接，要自然大方、不要有太做作的动作。

③ 任何得分有效或取消的手势，必须首先做出。

④ 报号码手势。眼睛看着记录员（视线可穿过号码手势，便于核实）让手势保持几秒钟，这对记录员登记正确的号码是不可缺少的。

⑤ 指出犯规类型。队员犯规情况和报犯规类型手势要吻合，要注意，宣判一般犯规时，要观察该队的全队犯规指示器。

⑥ 指出罚球次数或比赛方向。身体可以对着记录台打比赛方向手势，要习惯观察记录台的各种情况。

⑦ 以上手势有必要时要手势口语并用。特别是混乱中宣判的犯规时，或报16号以上的大号码手势时。

⑧ 完成手势后，要迅速到位，不能慢走就位。

（4）到记录台报告一起犯规的手势程序（3个步骤）：

① 队员号码；

② 犯规类型；

③ 罚球次数或比赛的方向。

注：任何违例或取消得分，必须在上述任何手势之前做出。

（5）对投篮队员犯规，成功得分的手势程序：

① 得分算；

② 队员号码；

③ 犯规类型；

④ 再到给罚球1次。

（6）控制球队犯规的手势程序：

① 队员号码；

② 犯规类型（带球撞人手势或非持球队员的阻挡，推人等手势）；

③ 用控制球队犯规手势，指明新的比赛方向。

（7）双方犯规的手势程序：

① 指向A队对队席的方向，接着给出A队犯规队员号码；

② 指向B队球队席的方向，接着给出B队犯规队员号码；

③ 球的方向手势或争球手势。

二、默记与默记手势

裁判员通过前臂连续的重复摆动（默记手势），以秒为单位较准确地计算出时间运行。

（一）训练方法与临场运用

1. 默记方法：

（1）胸前举手臂弯曲，向内后再向外摆动手臂，手臂每向外摆动一次时要出示一指——五指，表示1～5秒，第二遍1指——3指表示6～8秒。

（2）临场运用于严密防守时，掷界外球紧逼时的5秒违例，后场全场紧逼时的8秒违例，判罚后场的8秒违例时要参考24秒计时

器。避免发生不必要的麻烦。

注意：队员罚球时，只要默记，不要做手势，避免影响罚球队员。掷界外球无紧逼时，不必做默记手势。

在临场中必须做的默记手势，要清楚大方，摆动有力，实际上在告诉队员，在时间规定上交待很清楚。

2. 训练方法

（1）自己训练，一手将秒表握在手掌内，同时做默记手势，当最后一次向外摆动结束时停表，查看秒表，体会自己的手臂摆动速度。还可用口语帮助调整手臂摆动速度，如默念一百零一为一秒，一百零二为二秒……或一加一为一秒，二加二为二秒……以此类推。

（2）二人一组，一人记秒表负责开和关秒表，另一人做摆动熟记手势动作，到5秒或8秒即鸣哨，检查准确性。

三、裁判员的鸣哨

鸣哨是裁判员的有声语言，哨声是篮球比赛中裁判员领导一场比赛的主要信号，哨是裁判员指挥比赛的工具，裁判员在场上要"用哨说话"。有效使用响亮的哨声可以使队员知道裁判已经看到他的犯规行为，并对发生的情况表示不满，通常一声响亮的哨声能够充分表达裁判的关注。裁判员鸣哨必须吐气有力、哨声响亮、短促、果断、干脆，只需鸣一次，哨声能反映裁判员宣判的气质。

（一）口哨的挑选

口哨是裁判员临场指挥比赛的武器，哨声是篮球比赛中的主要信号，为了适应激烈比赛的需要，裁判员要选择一只声大、音高、声尖的高频率的口哨。

（二）鸣哨的方法

要使口哨吹得更响亮，必须做到以下点：

（1）含哨要正：上下门牙应正中咬住口哨，不要斜的咬住口哨，也不是用上下咀唇唅住口哨。

（2）含哨要紧：鸣哨时，先吸足气和憋足气，舌尖必须顶住哨口，运气造成足够的气压，吹气时，打开舌尖，让肺和口中气体一下子、暴发性地涌向口哨内，只有这样，哨声才能洪亮。

（3）吐哨：鸣哨后必须吐哨，防止含哨向记录台报告和口语联络。有利于在死球期间处理各种情况。

（三）鸣哨的要素

不管在什么情况下，只能吹一声干脆的哨音，不得吹多声哨，不得吹连声哨。但能吹长、短两种哨音。

（1）短哨音：运用在违例和犯规的宣判中。

（2）长哨音：运用在比赛开始进场时，比离结束时或提醒双方队员时，以及裁判员要暂停时。

（四）应注意的问题

（1）跳球时，执行抛球的裁判员口哨不要含在口中，防止受伤。

（2）在比赛的任何时候，口哨要始终含在嘴里，以免急需鸣哨时，措手不及而影响宣判。

（3）鸣哨犯规后，到记录台附近进行宣判程序时，要把口哨吐掉，不要含哨宣判。

（4）防止鸣哨中出现以下情况：

① 重复哨（二声以上）。

② 语调哨（哨声有轻有重有调）。

③ 碎哨（短而碎哨的哨音）。

④ 漏哨（犹豫时漏的轻声哨）。

⑤ 跟哨（鸣哨后另一裁判再跟一声哨）。特别对得分尝试的队员犯规的宣判，严防长哨音，有利于宣判后"算与不算""罚与不罚"的罚则正确性。

（5）裁判员临场时，最好有一只备用口哨。

（6）使用口哨前要检查，用后要清洗消毒放好。

（五）鸣哨的练习方法

（1）首先挑选一个好哨子。

（2）体会与掌握含哨、吹气、吐哨等技巧。

（3）练习短哨音和长哨音的吹法。

（4）训练吹气力度。

（5）不要在室内训练，要到空扩的地方练，检验吹气力度和声响。

（6）边跑步边练，加大难度，从实战出发。

（7）鸣哨比赛。两名以上裁判，排成队或围成圈，每人鸣一声哨，比谁的哨音响亮，反复比赛，次数不限。

（8）再结合违例及犯规停表手势练习或结合宣判程序综合练习。

四、裁判员的抛球

（一）抛球的重要性

抛球的好坏是衡量一个裁判员基本功的重要标志之一。在篮球比赛中，抛球太低或抛球不正，既容易造成跳球队员违例，又容易造成跳球队员的侵人犯规。

（二）抛球的动作方法和要领

1. 单手低手抛球

抛球前两脚左右或者斜前开立，与肩同宽，两腿弯曲，左手或右手持球于胸前，手掌向上，五指分开，用指根以上的部位托住球的下方，掌心空出。抛球时，两腿蹬地的同时，小臂平直向上用力摆动，手腕和手指柔和地用力弹拨球，使球离手向上。

2. 双手抛球

抛球前两脚动作与单手低手相同，持球时双手手指分开，用指根以上部位托球的下方。抛球时，两腿蹬地的同时，两手的前臂平直向上用力摆动，利用手腕柔和的动作和食指、中指、无名指和小指的弹拨球，使球离手向上。

3. 单手肩上投篮式的抛球

两脚与肩同宽，斜前开立，两腿弯曲。前脚的同侧手持球于肩上，持球臂屈肘，上臂与前臂基本垂直，持球的手五指分开，掌心突出，用手指根以上的部位托球。抛球时，随两脚的蹬地持球手臂抬肘向上方伸直，利用食指、中指和无名指向上用力拨球，但抛球手的手腕不能向前压。

4. 抛球的要求（高、正、直）

高度要达到3.05米以上。抛出的球不得向前后或者左右偏，使球在两个跳球队员之间下落。抛出的球，向上时要垂直向上，下落时要垂直向下。

（三）抛球的自我练习

（1）可在篮圈下将球抛起并穿过篮圈，看球是否落在圈内。

（2）可在篮板前将球垂直抛到3.5～4米的高度。

（3）可在地上画一圆圈，将球抛于圆圈上方后，将球垂直抛起，看球是否落在圈内。

（4）模拟练习比赛开始前的准备抛球。

主裁判员步入中圈执行跳球之前，应查看副裁判员和通过他了解记录台人员是否都做好了准备，应用"拇指向上"的手势做出。

主裁判员应绝对确保一切事情都就绪后，才进行比赛开始的抛球。

主裁判员在面对记录台的一侧站立，中圈做开始的抛球。

（四）开局的抛球

抛球前，主裁判员应核实两名跳球队员都做好了准备，每人的双脚都站在靠近本方球篮的半个中圈内，并且一只脚靠近中线。

球应在两名跳球队员之间垂直地向上抛起，高度要超过任意队员跳起时能达到的高度。

抛球后，建议主裁判员保持静立不动，等着看比赛将朝哪个方向发展，直到球和队员们已离开中圈为止。

抛出球时，裁判员不应试图后退，因为这将影响抛球的准确性。

副裁判员必须核实拍球是合法的，即球在被拍击前已到达了最高点，以及8个非跳球队员的移动是遵照了规则。

球一旦被第一次拍击，副裁判员就给出时间开始的手势并移向比赛的方向，要跑在球的前面，以便占据前导位置。

（五）易犯错误及纠正方法

（1）抛球时以肘关节为轴，在球离手前一瞬间，用屈腕动作将球抛起，以至使球不易抛直。

【纠正方法】以肩为轴摆臂抛球，不要屈腕，尽量使球不带旋转。

（2）抛球前，持球手上下预摆，容易造成跳球队员偷跳或早跳。

【纠正方法】在抛球前，持球手在跳球队员之间做一短暂的停留，然后迅速将球抛起。

（3）抛球后一瞬间，过早地离开抛球位置，这样做的结果：一是容易将球抛走；二是容易被抢球队员绊倒。

【纠正方法】抛球后，应等双方队员离开自己所站的区域后，再跑入追踪裁判的位置执行工作。

（4）抛球时将口哨含在嘴里，这样做容易被跳球队员的胳膊碰撞，以至带来不必要的麻烦与痛苦。

【纠正方法】一手或双手抛球，另一手将口哨拿在手里或不拿哨，等跳球后再将哨及时放在嘴里。

五、裁判员的移动

（一）移动在临场中的重要性

CBA裁判马立军的奥运记忆：眼神好速度快跑到位（引自中国体育报http://www.sports.cn/）。

马立军可谓国内裁判界的重量级人物，他吹了13年的CBA联赛，2004年雅典奥运会执裁3场，北京奥运会又执裁了7场，其中包括四分之一比赛。

谈到吹奥运比赛最强烈的感受时，马立军感叹"强度和速度一流"。他说他事先知道快，也在体能上做了准备，但没想到会那么快，这边刚进了球，那边一拿球就冲过中线了，要么就一摘篮板或一断球哗的一下又回来了。"我为了备战奥运会每天都要坚持跑一个多小时的来格尔，储备了很好的体能，但比赛时都感到很要求体力。"

他的另一点体会就是裁判一定要眼尖。"国外选手空中上篮技术动作多，接应也多，空中动作难辨，说是传球可能变成上篮，也可能在做上篮动作时一下又传球了，再者是空中封盖多。这要求裁判要选好角度，才能看准，眼神好、速度快、跑到位，不然就判不好。也正因如此，这届奥运会已改成裁判三人制了，原因就是两个人根本不能完全适应如此之快的场上节奏。"从马立军的奥运回忆中可以看出，移动是裁判员看清楚攻守双方动作进行准确裁决的前提。只有不断地移动才能找到合适的判罚角度，才能扩大视野，寻找到队员间的空隙，监控所有的队员，从而减少和防止临场中的错判、漏判。

裁判员的移动能体现一个裁判员的风度、气质，及时快速跑动到位，能缓解及解决许多矛盾，对控制比赛起重要的作用。

（二）临场移动的原则

（1）联系性原则：要根据裁判法的分工移动；根据同伴的移动而移动，或根据同伴的需要而移动，做到能够看到同伴的行动和信号。

（2）观察性原则：裁判员所选择的位置和角度有利于观察，要随着比赛的球动、人动而不停地移动；要在边线和端线附近移动，必要时可深入比赛场内。

（3）合理性原则：裁判员所选择的位置不应影响到队员的活动与传球路线，移动时，要快慢结合，要横向和纵向移动相结合。

（4）预见性原则：裁判员的移动要有预见性，要根据比赛队技术特点和战术打法有目的地移动，克服盲目移动。

（三）移动的种类、要领及练习方法

比赛中，裁判员常用的基本步法有：起动与快跑、变向跑、变速跑、侧身跑、急停与转身、侧滑步、交叉步等。

1. 起动与快跑

（1）动作要领：向前起动时，重心前移，上体前倾，后脚用力蹬地；起动后，前两步应短促迅速，移动重心，异侧脚用力蹬转（脚尖指向前进方向），同时上体迅速向起动方向侧转并前倾。起动是裁判员突然、迅速地改变静止、走动、滑动状态的一种方法。分前向起动和侧向起动。

（2）动作关键：①前向起动：起动时，迅速向前跑动方向移动身体重心，同时后脚掌短促有力蹬地向前迈出。②侧向起动：跑动时迅速将上体侧转（左或右），向跑动侧方向移动重心，同时异侧脚掌短促有力蹬地向侧方向迈出。

（3）练习方法：①原地站立，看信号起动快跑。②原地小步跑，看信号起动快跑。③原地前、后转身，看信号起动快跑。④两步急停后起动快跑。⑤侧滑步看信号突然起动快跑。

（4）注意问题：

①必须面向场内方向侧转起动，不能低头，在侧转起动的全过程中，始终观察场内情况。

②侧向起动和快速跑动密切结合运用。

③临场时你必须尽可能快地跑在前面，让比赛朝你而来。总是保持移动，力争占据尽可能好的位置。

④当比赛朝你而来，要不停地移动，并努力在防守队员和进攻队员之间保持尽可能好的视角。当做出宣判时，你正处于能看清比赛合理全貌的位置。

⑤决不停止移动，当球移动时调整你的位置。你也是一名运动员。

2. 跑 动

跑是裁判员在场上为选择位置，提高速度的方法。变向跑、包括变速跑、侧身跑。

（1）跑动的种类和方法：

① 变向跑：跑动中向左变方向时，最后一脚是右脚落地，脚尖向左转，用力蹬地，上体向左转，同时左脚向前方迈出。向右变方向时，动作相反。

② 变速跑：快跑中突然减速，又突然加速，这是根据比赛速度变化而变化的步法。

③ 侧向跑：这种跑是裁判员运用得最多的一种步法。侧身跑是人向前跑而面部和上体却向球的方向侧转，以便观察球与攻防队员的动向。

（2）练习方法：

上述3种跑法，可以先分开单个练习，等基本掌握要领后，再将3种跑法综合起来进行练习。

（3）练习要求：

变向跑接侧身跑，动作要突然；侧身弧线跑时，上体和头部面部向场内，观察场上情况，胸应对准跑的方向；变速跑练习时，要做到速度变化快，衔接要紧凑，起动与侧身跑要结合好。

3. 急停和转身

（1）动作要领：

① 急停：裁判员的急停技术要求一般采用跨步急停，即两步急停。在快速跑时，跨步急停的第一步跨出稍大，第二步落地的同时两膝微屈，腰胯用力，重心下降，全脚着地，落地时前脚掌内侧用力蹬地，以减缓向前的冲力。

② 转身：裁判员运用的转身动作，多半是采用后转身，即一脚从中枢脚后面跨过。如向右做后转身时，左脚为中枢脚，重心移到左脚，左脚前脚掌用力辗地，右脚前脚掌内侧蹬地，同时用力向右后方转胯、转肩，右脚蹬地后，迅速从左脚后面跨步落地。

（2）练习方法：

① 急停的练习步骤：走两、三步做跨步急停；慢跑5步左右做跨步急停；跨步急停折回跑；跨步急停后变向跑。

② 转身的练习步骤：原地做前后转身180°；慢跑中急停，前或后转身180°起动跑；快跑跨步急停后，前或后转身180°跑；快跑中连续做后转身。

（3）练习要求：

练习时，速度由慢到快，注意重心的控制和动作之间的衔接。

4.侧滑步和交叉步

（1）动作要领：

① 侧滑步：向左侧滑步时，左脚向左跨出一步，落地的同时，右脚前脚掌内侧迅速用力蹬地、贴着地面滑动，跟随左脚移动，两脚配合要协调，动作要迅速。

② 交叉步：向右移动时，左脚用力蹬地后，迅速从右脚前向右迈出，上体稍向右转，左脚落地，右脚迅速向右跨步。两脚交叉动作要快，交叉步后重心落在两脚上，以便迅速做滑步或其他步法。

（2）练习方法：

阵地进攻时，裁判员必须采用各种滑步，获得最佳位置和最佳观察角度；滑步与走动、上跨步、后撤步要结合好，使裁判员在阵地观察时能不断地移动，不断地调整位置。

① 两脚做交叉步快速跑练习。

② 向左、右交叉步接侧滑步。

③ 向左、右侧滑步接交叉步再接侧滑步。

④ 向左、右侧滑步接交叉步再接侧滑步。

⑤ 向右交叉步接侧身跑。

⑥ 追踪裁判位置—走动—滑步—上跨一、二步—转身—起动—侧身跑—弧圈跑—滑步或走—前导裁判位置。

⑦ 前导裁判位置—走动—滑步—后撤一、二步—起动—弧圈跑—侧身跑—滑步或走—追踪裁判位置。

六、视 野

（一）视野的概念

裁判员的视野是指其两眼平视所能观察到的场上空间面积的大小。据有关资料表明,外部信息有90%是经过眼传递给大脑的,裁判员主要以视觉传递信息。视野范围的大小直接影响临场裁判员的观察面和观察效果,观察整个区域、空间,队员的动作是否符合篮球规则要求,从而做出正确的宣判,这就充分显示了裁判员宽广的视野范围的重要性。

裁判员的眼睛应不停地转动,争取覆盖整个场地,要时刻知道所有10名队员的位置所在。依据球的位置,一位裁判员必须观看离开球的行动,知道球在哪里并不是一定要注视球。

每个人的生理视野几乎是相同的,但通过专门的训练,可以有效地扩大视野范围。而扩大视野最有效的方法则是合理的移动。移动的目的就在于合理地调整身体的位置,选择理想的观察角度,把有限的视野转移到最有效的观察面上。

（二）扩大视野练习方法

（1）两人一组练习。一人站在另一人背后,用手指表示数字放在前面一人的头侧,要求他用眼角余光观察并报出数字。

（2）在墙上划出标志,裁判员侧对墙站立,用眼角余光判断墙上标志。

（3）坚持经常地练习转动眼珠来观察上下左右的物体,以提高临场视线有目的地快速转动能力。

（4）在场上不同位置放置数字牌,练习者在跑动中观察并报出数字。

（5）常观看篮球比赛,或者一人做篮球教学比赛的裁判工作,以此扩大自己的视野,提高全面观察的能力。

（6）认真学习篮球技、战术理论,掌握区域分工的要求,只有这样在临场工作时才能把观察力有效地建立在可能会发生违犯的地方,以此达到提高临场裁判员观察的目的性和判断的预见性。

七、篮球裁判员手势图

（一）得分手势

传递信息：得1分。

表达方式：右手伸出一指，向下屈腕。

信息含义：罚球投中得1分，运用于最末一次和仅有一次的罚球中篮时。（图2-1）

图2-1

传递信息：得2分。

表达方式：右手伸出2指，向下屈腕。

信息含义：2分成功，裁判员向记录台做；宣判对2分投篮队员犯规，同时命中时，裁判员在宣判犯规后，马上做2分算手势；是到记录台报告时，如果2分得分有效，必须首先做2分算手势，然后再做其他手势。（图2-2）

图2-2

传递信息：3分试投。

表达方式：右手伸出3指，手臂向上高举。

信息含义：队员在三分投篮区域内做试投3分时提示试投。如出现踩上3分线的投篮，为防止出现不必要的麻烦，要做出踩线手势，即伸直单手臂出2指（食指和中指）指向踩线点。（图2-3）

图2-3

传递信息：3分投篮成功。

表达方式：手臂向上高举，双手伸出3指。

信息含义：运动员在3分投篮区域内做投篮时投中。（图2-4）

传递信息：取消得分或取消比赛资格。

表达方式：双臂在胸前剪状交叉一次。

信息含义：取消进球得分或比赛结束时提示结

图2-4

束。在宣判犯规时，对中篮不算的犯规，做完犯规停表手势后，必须再做取消得分手势。如果本身就没中篮，就不必做。

对临近比赛结束，出现投篮动作，如终场结束钟声先响，可马上做这一手势。如投篮，动作在先钟声在后，投篮命中必须先做得分手势，然后再做比赛结束手势。（图2-5）

图2-5

（二）有关计时钟手势

传递信息：停止计时钟手势（同时鸣哨）。

表达方式：右（左）手臂向上伸展并伸直，伸开手掌，五指并拢，（四指并拢，大拇指打开也可以）并同时鸣哨。

信息含义：出现违例或裁判员需要暂停时，必须先做个手势。（图2-6）

图2-6

传递信息：犯规停止计时钟手势（同时鸣哨）。

表达方式：鸣哨的同时，右（或左）手臂向上伸展并伸直，一拳紧握，大拇指内扣，另一左（或右）手臂伸直向前，伸开手掌五指并拢，掌心向上，指向犯规队员的腰部。

信息含义：宣判犯规时做的第一个动作。（双方犯规、技术犯规、违体犯规、夺权犯规除外，直接做犯规类型）。（图2-7）

图2-7

传递信息：计时开始手势。

表达方式：弯曲肘后，用手作砍劈动作，要短促、有力。

图2-8

信息含义：场上队员触及球时，做计时开始手势。（图2-8）

传递信息：24秒钟复位。

表达方式：面向记录台，一手臂向前斜上方，转动手、食指伸展，转动直径约20公分左右。

图2-9

信息含义：在临场运用中，往往在脚踢球违例后，再做这一手势，互相间手势要有配合，要有节奏。（图2-9）

（三）管理手势

传递信息：替换手势。

表达方式：胸前双前臂交叉。

信息含义：做这一手势必须面向记录台前的替补队员，当替换机会还未结束时，还能允许球队席的队员到记录台来要求替换。（图2-10）

图2-10

传递信息：招呼入场手势。

表达方式：必须面向替补队员，手臂向前，伸开手掌，五指并拢，手掌向上摆向身体，严防手掌向侧和向下摆向身体的不礼貌手势。

图2-11

信息含义：临场运用中，往往在替换手势后，再做这一手势。互相间手势要有配合、要有节奏。（图2-11）

传递信息：要登记的暂停。

表达方式：二手臂高举头顶，一手掌心向下，另一手伸展食指，组成T形。

信息含义：某队要求暂停做这一手势后，再

图2-12

用手臂做一个谁要求暂停的方向手势。（图2-12）

传递信息：裁判员和记录台人员之间联系手势。

表达方式：握拳竖起大拇指，拇指向上手势。

信息含义：这个手势有二个意思，一是"准备好了吗？"二是"准备好了。"

在临场运用中，这一手势除了裁判员和记录台人员之间联系外，还可以运用于裁判员与裁判员之间，严防在比赛中出现一个好球时（如盖帽），用这一手势来表示。（图2-13）

图2-13

（四）违例手势

传递信息：可见的计算。

表达方式：伸出食指，摆动手臂，手指显示计算数。

图2-14

信息含义：可见的5秒、8秒读数。（图2-14）

传递信息：带球走。

表达方式：鸣哨停表后，胸前转动双拳，同时转动双前臂，然后指向发球方向。

信息含义：出现带球走违例，提示违例性质。（图2-15）

图2-15

传递信息：非法运球或两次运球。

表达方式：鸣哨停表后双手伸展，掌心向下做交替轻拍动作，然后指示发球放向。

信息含义：出现非法运球或两次运球违例，提示违例性质。（图2-16）

图2-16

传递信息：携带球。

表达方式：鸣哨停表后，右手向右伸展开，伸开手掌，掌心向上，然后朝前翻转半圈使掌心向下。来回做二次即可，然后指示发球方向。

图2-17

信息含义：出现携带球违例，提示违例性质。（图2-17）

传递信息：3秒违例。

表达方式：鸣哨停表后，伸出手臂，出示3指（大拇指、食指、中指），然后指示发球方向。

图2-18

信息含义：出现3秒钟违例，提示违例性质。在临场中，发生3秒违例最好指向限制区或指向违例队员。（图2-18）

传递信息：5秒违例。

表达方式：鸣哨停表后，胸前单手出示5指，掌心向前，然后指示发球方向。

图2-19

信息含义：出现5秒钟违例，提示违例性质。（图2-19）

传递信息：8秒违例。

表达方式：鸣哨停表后，胸前双手出示8指，掌心向前，然后指示发球方向。

图2-20

信息含义：出现8秒钟违例，提示违例性质。（图2-20）

传递信息：24秒违例。

表达方式：鸣哨停表后，侧臂弯曲、手指触肩、提起20公分、触肩2次即可，然后指示发球方向。

图2-21

信息含义：出现24秒钟违例，提示违例性

质。（图2-21）

传递信息：球回后场。

表达方式：鸣哨停表后，伸出食指，摆动手臂，在中线上处，先指前场，后指后场，来回两次即可，然后指示发球方向。

图2-22

信息含义：出现球回后场违例，提示违例性质。（图2-22)

传递信息：故意脚踢球违例。

表达方式：鸣哨停表后，伸出一脚，右手食指指向脚面，因需要增加一次24秒钟复位手势，然后指示发球方向。

图2-23

信息含义：出现故意脚踢球违例，提示违例性质。（图2-23）

传递信息：出界或比赛方向。

表达方式：鸣哨停表后，伸出食指，指向边线平行方向。

图2-24

信息含义：出现出界或继续比赛时，提示比赛方向。（图2-24）

传递信息：跳球。

表达方式：鸣哨停表后，双臂高举，双手握拳，拇指向上伸出，然后指向拥有箭头（交替拥有的指示装置）的方向。

信息含义：出现5秒钟违例，提示违例性质。（图2-25）

图2-25

（五）向记录台报告队员手势

传递信息：4号。

表达方式：右手举起伸出四指。

信息含义：表示队员号码4号。（图2-26）

图2-26

传递信息：5号。

表达方式：右手举起伸出5指。

信息含义：表示队员号码5号。（图2-27）

图2-27

传递信息：6号。

表达方式：右手举起伸出5指，左手举起伸出1指。

信息含义：表示队员号码6号。（图2-28）

图2-28

传递信息：7号。

表达方式：右手举起伸出5指，左手举起伸出2指。

信息含义：表示队员号码7号。（图2-29）

图2-29

传递信息：8号。

表达方式：右手举起伸出5指，左手举起伸出3指。

信息含义：表示队员号码8号。（图2-30）

图2-30

传递信息：9号。

表达方式：右手举起伸出5指，左手举起伸出4指。

信息含义：表示队员号码9号。（图2-31）

图2-31

传递信息：10号。

表达方式：右手举起伸出5指，左手举起伸出5指。

信息含义：表示队员号码10号。（图2-32）

图2-32

传递信息：11号。

表达方式：右手握拳举起，左手举起伸出1指。

信息含义：表示队员号码11号。（图2-33）

图2-33

传递信息：12号。

表达方式：右手握拳举起，左手举起伸出2指。

信息含义：表示队员号码12号。（图2-34）

图2-34

传递信息：13号。

表达方式：右手握拳举起，左手举起伸出3指。

信息含义：表示队员号码13号。（图2-35）

图2-35

传递信息：14号。

表达方式：右手握拳举起，左手举起伸出4指。

信息含义：表示队员号码14号。（图2-36）

图2-36

传递信息：15号。

表达方式：右手握拳举起，左手举起伸出5指。

信息含义：表示队员号码15号。（图2-37）

图2-37

（六）规范的类型手势

传递信息：非法用手。

表达方式：鸣哨停表后，左臂弯曲，左手五指并拢向前伸出，右手握拳敲击左手手腕。

信息含义：出现非法用手犯规时停表，指示犯规性质。（图2-38）

图2-38

传递信息：阻挡（进攻和防守）。

表达方式：鸣哨停表后，双臂弯曲，双手向上，至于髋部。

信息含义：出现阻挡犯规时停表，指示犯规性质。（图2-39）

图2-39

传递信息：过分挥肘。

表达方式：鸣哨停表后，右臂弯曲，向上举起，向侧后方摆肘。

信息含义：出现过分挥肘犯规时停表，指示犯规性质。（图2-40）

图2-40

传递信息：拉人。

表达方式：鸣哨停表后，右手掌心向下拉住左手手腕。

信息含义：出现拉人犯规时停表，指示犯规性质。（图2-41）

图2-41

传递信息：推人或不带球撞人。

表达方式：鸣哨停表后，双手向前平伸，掌心向前，模仿向前推的动作。

信息含义：出现推人或不带球撞人犯规时停表，指示犯规性质。（图2-42）

图2-42

传递信息：进攻方犯规（带球撞人）。

表达方式：鸣哨停表后，左手掌心向右，右手握拳击向左掌。

信息含义：出现带球撞人犯规时停表，指示犯规性质。（图2-43）

图2-43

传递信息：控制球队的犯规。

表达方式：手臂弯曲握拳，然后伸直手臂，指向犯规队的球篮。

信息含义：控制球队犯规而非防守队。（图2-44）

图2-44

传递信息：双方犯规。

表达方式：鸣哨停表后，双手握拳在头上交叉挥动。

信息含义：出现双方犯规时停表，指示犯规性质。（图2-45）

图2-45

传递信息：技术犯规。

表达方式：鸣哨停表后，双臂高举头顶，一手掌心向下，另一手掌心朝前，以"T"形。比赛中直接做这一手势。

信息含义：出现技术犯规时停表，指示犯规性质。（图2-46）

图2-46

传递信息：违反体育道德的犯规。

表达方式：鸣哨停表后，双手高举，右手握拳左手接握右手手腕在头顶。

信息含义：出现违反体育道德的犯规时停表，指示犯规性质。（图2-47）

图2-47

传递信息：取消比赛资格。

表达方式：鸣哨停表后，双手紧握双拳高举过头。

信息含义：出现取消比赛资格犯规时停表，指示犯规性质。（图2-48）

图2-48

（七）判给罚球的手势

传递信息：判给罚球次数（一次罚篮）。

表达方式：右手举起伸出1指。

信息含义：判罚发球时，提示罚球次数。（图2-49）

图2-49

传递信息：判给罚球次数（2次罚篮）。

表达方式：右手举起伸出2指。

信息含义：判罚发球时，提示罚球次数。

（图2-50）

图2-50

传递信息：判给罚球次数（3次罚篮）。

表达方式：右手举起伸出3指。

信息含义：判罚发球时，提示罚球次数。

（图2-51）

图2-51

（八）比赛方向的手势

传递信息：比赛方向指示。

表达方式：手臂和边线平行，右手伸出1指，指向比赛方向。

信息含义：指示比赛方向。（图2-52）

图2-52

传递信息：控制球队犯规。

表达方式：手臂弯曲握拳，然后伸直手臂，指向犯规队的球篮。

信息含义：指示比赛方向。（图2-53）

图2-53

（九）罚球管理手势

传递信息：1次罚球。

表达方式：手臂向前伸展，水平伸出1指。

信息含义：裁判在限制区内判罚罚球时，提示罚球次数。（图2-54）

图2-54

传递信息：2次罚球。

表达方式：手臂向前伸展，水平伸出2指。

信息含义：裁判在限制区内判罚罚球时，提示罚球次数。（图2-55）

图2-55

传递信息：3次罚球。

表达方式：手臂向前伸展，水平伸出3指。

信息含义：裁判在限制区内判罚罚球时，提示罚球次数。（图2-56）

图2-56

传递信息：1次罚球。

表达方式：单臂体侧弯曲，前臂向上，举起一指。

信息含义：　在罚球线1次罚篮。（图2-57）

图2-57

传递信息：2次罚球。

表达方式：双臂同时体侧弯曲，前臂同时向上，举起手掌，手指并拢，掌心向前。

信息含义：在罚球线2次罚篮。（图2-58）

图2-58

传递信息：3次罚球。

表达方式：双臂同时体侧弯曲，前臂同时向上举起手，每手伸展3指。

信息含义：在罚球线3次罚篮。（图2-59）

图2-59

第三章 篮球竞赛的种类及裁判员的选配和使用

第一节 篮球竞赛的种类

现代篮球运动由活动性游戏发展成为一项技艺化的国际竞技体育运动，在统一的国际性组织（国际篮球业余联合会）指导下，以独特的比赛规则和竞赛方式，为追求更高、更快、更强的奥林匹克精神，展开对抗、竞争、拼搏，其竞赛过程充分显示出人类生命的活力和时代发展的进步。

现代竞技篮球比赛吸引并深受世界各国人民的喜爱，已成为世界上单项体育人口最多的运动项目之一。世界性的国际篮球业余联合会的成员达两百多个，是国际单项竞技运动协会中成员最多的一个组织（在各大洲也建有同样性质的篮球协会），由该组织举行的四年一度的国际奥林匹克运动会男、女篮球比赛，以及世界男、女篮球锦标赛，已成为现代国际体育竞赛引人注目的大型全球性的赛事活动。代表着世界最高水平，汇集着世界最强的队伍和最著名的明星。加上美国NBA职业联赛，这三大赛事已被誉为现代世界最高层次的篮球文化。

篮球竞赛是篮球运动的基本形式，是现代篮球运动中最具魅力的活动。根据竞赛的性质和目的，可以将篮球赛事分为非职业性比赛和职业性比赛两大类。国际上的重大篮球竞赛活动除奥林匹克运动会篮球赛和世界篮球锦标赛以外，还有传统性的欧洲、亚洲、

非洲、南美洲、中美洲、欧美运动会等地区性的篮球赛，以及世界大学生、中学生运动会篮球赛，世界军队和世界俱乐部篮球锦标赛等。下面介绍国内外一些重大赛事。

一、奥运会篮球比赛（Olympic Basketball Championship）

1904年第三届奥运会在美国圣路易斯举行，美国组织了两支篮球队进行了表演比赛，从而拉开了篮球进军奥运会的序幕。到了1936年第十一届奥运会男子篮球被列为正式比赛项目，女子篮球在1976年第二十一届才登上了奥运会的舞台。

奥运会篮球竞赛制度：奥运会篮球比赛采用赛会制，一般分预赛、复赛和决赛3个阶段。预赛通常采用分组循环的方式，复赛和决赛多采用交叉的方法决定名次。参赛队一般为上届奥运会的前三名，主办国和各大洲的冠军队以及预选赛的第十二名，因此能参加奥运会的队都被公认为是世界强队。历届奥运会上参赛队最多的是第十四届，共有23支队伍。为了限制参赛队和提高比赛水平，从第二十一届开始，决定男子12个队参赛，女子6个队参赛。1988年第二十四届奥运会女子增至8个队。1992年第二十五届奥运会允许职业篮球运动员参赛，从而谱写了美国职业篮球选手参加奥运会和世界锦标赛的新篇章。

奥运会篮球比赛的参赛办法：历届奥运会篮球比赛的参加办法都有所不同，到1980年的第二十二届奥运会时，规定为12个国家参加。产生这12个国家的办法是：上届奥运会前三名；欧洲预选赛和美洲预选赛的前三名；亚洲、非洲和大洋洲各一名。每4年举办一次，设男子比赛和女子比赛。

二、世界篮球锦标赛（World Basketball Championship）

它是由国际篮球联合会主办的世界性重大比赛。男子从1950

年开始，女子从1953年开始，男、女比赛分别举行。一般是4年一届，历届世界男篮锦标赛的参加办法不完全相同，到1978年第八届时，参加办法是上届奥运会前三名，上届锦标赛前三名，欧、美、亚、非、大洋洲锦标赛冠军队和主办国，被邀请国（按规程规定，主办过可邀请1~2个国家的球队参加比赛），共14个队分3组进行预赛，各取前两名，加上上届冠军和本届主办国队，共8个队采用单循环制决赛。

三、NBA（National Basketball Association）

NBA为美国国家篮球协会（National Basketball Association）的简称，起初由11家冰球馆和体育馆的老板为了让体育馆在冰球比赛以外的时间不至于闲置而共同发起，1946年6月6日成立全美篮球协会（Basketball Association of America），即BAA，到1949年兼并了当时的另外一个联盟（NBL）后改名为NBA。

NBA机构组织与分布：NBA的主题现由31个职业篮球俱乐部组成，下属还有一个娱乐公司，一个资产公司，一个电视新闻媒体公司和WNBA联盟。

NBA的赛制：NBA分季前赛、常规赛和季后赛3个阶段。季前赛是各支球队在常规赛开始前的热身赛。常规赛从当年的11月到翌年4月上旬结束。30支球队依地理位置分成东西两大联盟，6个小赛区。同一小赛区的球队相互之间比赛4场即2个主客场；不同小赛区但在同一联盟的球队相遇3~4次；与另一联盟的每支球队比赛2场。常规赛每队共赛82场。最后根据常规赛各队的比赛成绩，排出东西两联盟前八名进入季后赛。季后赛首轮按排名1对8、2对7、3对6、4对5进行5战3胜制的淘汰赛，胜者进入下一轮，最后再采用7战4胜制进行联盟的半决赛、决赛和东西部的总决赛（主客场将按照常规赛的胜率来决定）。

NBA季前赛

除了常规赛和季后赛，NBA独特的比赛系统，那就是季前赛。

NBA季前赛是各支球队在NBA常规赛季开始前进行的热身赛。

NBA季前赛一般有3大功能：

第一，磨合阵容、丰富打法及检验新老球员的竞技状态。

第二，预热NBA常规赛。最初，季前赛是免费对球迷开放的，近几年来，也开始对外售票。

第三，宣传NBA，扩大海外影响。NBA把火箭队与国王队的两场季前赛放到了中国，并且引起了极大的反响。

NBA全明星赛

NBA全明星赛始于1951年3月2日，每年举行一次。该项比赛是每年由观众投票选举出全美最优秀的24名职业篮球运动员（东部联盟、西部联盟各12名），组成东部队和西部队进行对抗。NBA全明星赛比赛时双方球员轮流上场，以充分表现当选的每个球员的球技，对胜负要求不大。因此，该项赛事开办以来，吸引了世界广大的球迷观赏。

四、CBA（Chinese Basketball Association）

中国篮球协会成立于1956年6月，简称"中国篮协"；英文名称为"CHINESE BASKETBALL ASSOCIATION"，缩写为"CBA"。由中国篮球协会组织的中国男子篮球甲A联赛简称CBA联赛。中国篮球协会是具有独立法人资格的全国性群众体育组织，是由各省、自治区、直辖市篮球协会、各行业篮球协会及解放军相应的运动组织为团体会员组成的、全国性、非营利性的联合组织，是中华全国体育总会的团体会员，是中国奥林匹克委员会承认的奥运项目组织，是代表中国参加国际篮球联合会和亚洲篮球联合会的唯一合法组织。1997年11月24日，国家体育总局实行体育管理体制改革和运行机制转变，成立了国家体育总局篮球运动管理中心。篮球运动管理中心是具有篮球项目行政管理职能的事业单位，又是中国篮球协会的办事机构。篮球运动管理中心下设综合部、竞赛部、国家队管理部、训练科研部、开发部、社会发展部，对全国篮球的协会建设、外事、财务、各级竞赛、各俱乐部、运动员、教练员、裁判员注册、培训、产业开发、青少年后备人才培养和群众性篮球运动的开展实行全面的管理。

1995年2月5日在国家体育委员会球类司篮球处的领导下，以全国男子篮球甲A联赛为基础，揭开了中国篮球职业化、商业化改革的序幕，专门设立了中国篮协竞赛领导小组，并提出了"立法先行"的口号，制定了一系列的管理制度，引导联赛的各项工作向职业化方向转换，使中国篮球的改革沿着法制化、社会化、产业化方向健康发展。世界著名的体育赛事推广公司——国际管理集团成为CBA联赛的合作伙伴，1995～1996赛季成为第一次被商业冠名的篮球联赛。1997年11月24日国家体育总局篮球运动管理中心挂牌成立，它是中国篮球管理体制的一项重大改革，形成了在原国家体委宏观指导下，以篮管中心为核心，以篮球协会为组织网络的新的管理体制，实现篮球项目管理的集约化、系统化。与此同时，四川熊猫队引进了CBA联赛的第一位外籍主教练。浙江中欣队聘请了CBA甲A历史上第一位外籍球员，并在北京举办了第一届CBA全明星赛。

1999～2000赛季，成立了3个新的委员会，既联赛管理委员会、联赛纪律委员会和联赛仲裁委员会，加大对联赛的管理力度。当年赛季，上海东方队引进了中国台北选手郑志龙，开创了两岸队员转会交流的先河。

2001～2002赛季，迎来了我国台湾的第一支球队——新浪狮队，这在我国体育史上有着突破性的意义。

2002～2003赛季，首次实行国内球员摘牌制，香港飞龙正式亮相CBA甲A联赛，参赛队从原来的12支扩至14支，第十个赛季，即2004～2005赛季，是CBA甲A联赛改革力度最大的一个赛季。这个赛季首次取消升降级，首次把参赛对分成南北两个大区，并决出南北两大赛区冠军。

2005年实行"北极星"计划，CBA开始了真正职业化的脚步，

主要特点：

（1）成立CBA联赛委员会（由俱乐部参与民主决策的新型管理模式）；

（2）继续完善以南北分区、增加场次和突出以对抗为特点的新型竞赛模式；

（3）建立了以集体化、专业化、为运营特点的商务开发模式；

（4）加强篮球文化建设，提升中国篮球的品质形象；

（5）开始实施《中国职业篮球俱乐部准入标准》，促进了俱乐部提高自身实力。

2006年赛季专门成立了联赛办公室主要负责联赛的竞赛、组织及管理工作。目前联赛的规模和管理、运作等方面都在力求与国际接轨，不断完善。

CBA的赛制按俱乐部所在主场行政区域分成南北两个赛区，每赛区7~8支队伍。联赛分常规赛、分区决赛和总决赛3个阶段。常规赛从当年10月底或11月初开始到翌年3月初结束，采取一周三赛的赛制，每支球队和本赛区的球队打两个主客场循环赛，与另外一个赛区的球队打一个主客场循环赛，每支球队在常规赛共赛38场。分区决赛在3月中旬进行。南北赛区的小组前四名采用同组1对4、2对3进行3战2胜的交叉赛，分别决出南北区冠军及第三、第四名。总决赛在3月底到4月中旬进行。南北赛区的前四名捉对厮杀。半决赛采取5战3胜决赛7战5胜的方法决出总冠军。

历届CBA联赛冠军：

1995~1996年 八一火箭队

1996~1997年 八一火箭队

1997~1998年 八一火箭队

1998~1999年 八一火箭队

1999~2000年 八一双鹿队

2000~2001年 八一双鹿队

2001~2002年 上海东方队

2002～2003年 八一双鹿队

2003～2004年 广东宏远队

2004～2005年 广东宏远队

2005～2006年 广东宏远队

2006～2007年 八一双鹿队

2007～2008年 广东宏远队

2008～2009年 广东宏远队

2009～2010年 广东东莞银行队

五、NCAA（National Collegiate Athletic Association）

全美大学生体育协会（National Collegiate Athletic Association，简称NCAA）成立于1906年。NCAA——美国大学生一级篮球联赛。NCAA至今仍保持着美国篮球史上电视收视率和上座人数两项最高记录。在美国人看来，NBA是世界篮球的最高殿堂，NCAA才是原汁原味的美国篮球，NCAA的篮球迷甚至比NBA的球迷还要多，因为他们相信，没有太多利益刺激的大学生球员们能打出真实而有激情的比赛。此外，通过选秀，NCAA每年为NBA输送几十名顶尖球员。NCAA比赛的历史可以追溯到篮球运动的起源时期，篮球活动一经问世，就在校园中推广，并开始了校际间的交流比赛。1939年，举办了有5支球队参加的正式的大学生联赛，NCAA规模庞大，分甲、乙、丙3个等级，甲级联赛有293支队伍，乙级联赛有185支队伍。每校只能派一个代表队参赛，实行升降级，每个队的人数限定为15人。比赛方法是将全美分为33个互相独立的赛区，第一轮采取主客场制，决出64支球队，然后再进行分组淘汰，最后决出冠军。每年的决赛在3月举行，NBA照例停赛，以示尊重。

六、CUBA（China University Basketball Association）

由中国大学生篮球协会（China University Basketball Association）组织的中国大学生篮球联赛（简称CUBA）是中国体育

历史上第一个面向高校、面向社会，以"发展高校篮球，培养篮球人才"为目标，采取社会化、产业化运作模式的大学生专项运动联赛。1996年开始酝酿，1997年建章立制，1998年正式推行，历经10年8届的发展，已成为国内篮坛三大赛事之一。CUBA和其他联赛的最大区别是，专业队退役队员不可参赛，并且培养学生裁判员。

联赛从每年9月份开始，至翌年6月结束，分预选赛、分区赛和全国决赛3个阶段。预选赛男、女冠军队直接晋级分区赛。分区赛按照地域关系共分东南、西南、东北、西北4个赛区。分赛区保持64支参赛队的规模，每赛区有16支参赛队（男女各8支）。各赛区男、女比赛均采用先分组循环后交叉淘汰的形式，决出赛区冠军。各分区男女组冠亚军晋级全国决赛（八强赛）。

全国决赛，女子八强赛首先采取赛会制，通过单场淘汰决出两支进入总决赛的队伍，总决赛采取主客场制，如赛会承办单位进入总决赛，则第二场决赛移师客队，否则第二场比赛权由进入总决赛的双方队伍抽签决定。男子八强赛，每一轮次均采取主客场两回合制，直至决出冠军。

七、中国大学生男子篮球超级联赛（China University Basketball super league)

中国大学生男子篮球超级联赛简称大超联赛，被称为中国篮坛"新生代"，是中国大学生体育协会和中国篮球协会共同开发的一块试验田，也是继中国大学生篮球联赛之后国内出现的又一项重要的大学生高水平篮球联赛，"大超联赛"——中国的NCAA。从2006～2007赛季开始，获得大超联赛冠军的队将代表中国大学生组队参加世界大学生篮球比赛。目前全国共有16支高校队参加，联赛由两个阶段组成，第一阶段分南北两个赛区进行比赛，然后进行第二阶段交叉决赛。

八、斯坦科维奇洲际篮球冠军杯

斯坦科维奇洲际篮球冠军杯比赛于2005年在中国北京首次举办，比赛是由国际篮球联合会（FIBA）主席程万琦博士发起，为表彰国际篮联秘书长斯坦科维奇先生为国际篮球发展所做出的贡献，以斯坦科维奇先生名字命名而举办的比赛。

斯坦科维奇杯是各大洲的冠军或亚军之间的比赛，是世界篮球的交流。斯坦科维奇杯只在中国举行。

第二节　篮球裁判员的选配和使用

一、裁判员的选配

篮球比赛需要裁判员的数量和级别取决于篮球竞赛的规模，也就是由竞赛的时间、场次、球队水平、竞赛目的等决定的。

假设有16个省级队参加一次全国性的篮球竞赛，按竞赛规程规定，第一阶段（预赛）分4个组进行单循环比赛，第二阶段（决赛）由每组的第一名组成一个小组进行单循环比赛以决出1~4名；每组的第二名组成一个小组进行循环比赛决出5~8名。该次竞赛只录取前八名。经过计算，预赛每组：4×（4-1）/2=6场；4-1=3轮。预赛每天8场比赛，共24场比赛。决赛每天4场比赛，共12场比赛。如果预赛后休息一天，有7天即可完成竞赛任务。

根据上述安排，如果有两块场地进行比赛，每日下午和晚上要进行8场比赛，需要16名裁判员（二人制裁判）、10名记录台工作人员。加上正副裁判长和2名机动裁判员，记录组正副组长和2名机动人员，总共需要34名裁判人员。

如果是省级队参加的竞赛，为保证竞赛的质量，应选配至少10名国家级（或国际级）裁判员和10名一级裁判员。记录台工作人员也应该由二级以上的裁判员来担任。如果竞赛的级别较低，每位裁

判员可担任下午和晚上两场比赛的裁判工作，则裁判员的数量可减少一半，裁判员的等级也相应下调，其数量和水平能够基本保证比赛顺利进行即可。

经选调裁判由竞赛委员会下发通知进行赛前集训。集训时间和集训方式，可根据竞赛的性质、任务以及经费的多少来决定。通常是一周，至少也应该有两天，最好是集中学习。

集训内容包括：学习有关举行竞赛的文件和规定；讨论篮球规则的重点部分；参加临场实习以保证体力和进入工作状态（含体能测验）。

裁判员的职业道德水平是做好裁判工作的关键，应通过赛前学习来提高对比赛的认识，端正工作态度，树立一心一意为竞赛服务的思想。

二、裁判员的使用

篮球比赛是不断变化的，每场比赛都带有不同的特点，分配和使用裁判员时，都必须重视和考虑这些特点。例如，从比赛队的实力方面来看，有强队对强队、强队对弱队、弱队对弱队之争。强队对强队，因其技艺精湛，争夺激烈，又涉及出线或夺冠，当然要选派最优秀的裁判员出场执裁。但是弱队对弱队，因其水平接近，战况复杂，又涉及名次或降级，也不能忽视，亦应选派优秀裁判员出场执裁。事实上，篮球竞赛中存在着关键场次与一般场次的区别，此外，还有内场与外场、近场与远场、日场与夜场、男场与女场等差别，这些差别虽不是重要的，在不影响完成竞赛任务的前提下，给以适当的调整，也有利于团结和调动积极性。

以下几条原则，可供选配和使用裁判员时参考：

（1）从比赛需要出发，选派和组成最强的搭配，保证工作重点。

（2）与参赛队有关系，主动回避，包括直接关系与间接关系。

（3）老带新（强带弱），在保证完成执裁任务的前提下，大力培养年轻裁判员。

（4）劳逸结合，适当做到临场次数、临场难度的平衡。

为了委派裁判员担任执裁工作台，按惯例应印制裁判员聘书，其一般格式为：

裁判员聘书

_____先生：

请你担任_____月____日____时_____分，_____队与_____队比赛的（主、副）裁判员，您的同伴是_____先生，请您届时出席为盼。发车时间_____ 时_____ 分。

裁判长：

_____年____月___日

（姓名）（国籍）

现通知你担任下列比赛的主裁判员/副裁判员/替补裁判员

_____（队名）_____对_____（队名）

在（比赛时间）（比赛日期）_____

这场比赛的主裁判员/副裁判员是_____（姓名）（国籍）

请在赛前30/60分钟到达比赛场地。

谢谢！

（日期）_____

（签名）_____

技术委员会主席

THE 28 THE OLYMPIC GAMES MEN'S （WOMEN'S） BASKETBALL COMPETITION REFEREE APPOINIMENT INFORMATION

To Mr_____

You are assigned to officiate the game_____vs_____ （WOMEN/MEN）

at_____hour on_____

_____of_____, 2008.as REFEREE/UMPIRE at COLLEGIATE GYM. your partner at this game is Mr_____of_____.

Request you report to the competition table at least 30 minutes before the start of the game _____SIGNED

TECHNICAL COMMISSIONER THE OLYMPIC GAMES

BEIJING AUGUST_____, 2008

第四章 裁判员赛前准备技巧和方法

裁判员临场最佳状态应包括身体、技巧和心理三方面，因此，裁判员参加重大比赛的准备也应包括身体准备、技术准备和心理准备三部分。身体准备的主要目的是达到足够的体能储备；技术准备的主要目的是动作规范、节奏清晰、流畅、判罚准确；心理准备的主要目的是达成最佳竞技心理状态：高度的自信、情绪稳定和头脑清醒。

第一节 裁判员赛前身体准备活动

一、裁判员赛前身体准备活动的必要性

运动员做准备活动，为的是身体做好比赛的准备，裁判员也应该如此。现代篮球比赛不仅要求运动员也要求裁判员要有充足的准备。不论裁判员的年龄和经验如何，赛前的身体准备活动都是不可缺少的。做各种形式的伸展练习，以防止或至少降低受伤的危险。也有心理上的好处，能够使裁判员感到精神振奋和保持良好的工作状态。然而，很多裁判员对此不够重视，临场之前不认真做准备活动，甚至不做准备活动。故在比赛的开局阶段，移动速度、奔跑能力与球队激烈的比赛不同步，远远跟不上比赛的需要，不仅出现了错判、漏判，而且发生了不应该发生的受伤事故，既影响了比赛，又给自己带来了痛苦。

1984年和1994年，全国篮球联赛在武汉和四川绵阳举行，由于裁判员没有做准备活动，临场一分多钟，一名裁判的跟腱断裂，花了40多分钟才找到顶替他的裁判员；1988年，全国男子篮球联赛在包头举行，由于大会竞赛组安排车辆出了问题，裁判员没能按时间到达比赛地点，使裁判员没时间做准备活动，仓促上阵。比赛进行了三分多钟时，一裁判员快速起动奔跑时，小腿肌肉拉伤，因找不到顶替的裁判员，这个裁判员只能带伤坚持到终场。类似上述情况，在比赛中时有发生，有的膝关节扭伤，有的踝关节扭伤，有的裁判员内脏器官不适应开局激烈比赛，脸色发白，出虚汗、呼吸困难、想呕吐等。所有这些都与裁判员不做准备活动，或者准备活动做得不充分有直接关系。所以，裁判员临场前要重视准备活动，要认真做好准备活动。高度的自我激励和热情是必需的，它只能来自裁判员本身。

二、裁判员身体准备活动的目的

裁判员准备活动的好处和作用，主要有以下几点：

（1）提高身体的温度，为临场做好机能上的准备。通过临场前各种活动，使人体的温度升高减少肌肉的粘滞性。肌肉的粘滞性，是肌肉的粘稠胶状物质在肌肉收缩时产生的阻力。体温低时，肌肉的粘滞性大，肌肉的收缩速度慢，力量小；体温升高时，肌肉粘滞性小，肌肉收缩速度快，力量大。体温升高，能使肌肉中毛细血管扩张，改红肌肉血液的供应，能提高关节的活动能力，增加关节的运动幅度；能使中枢神经应激能力提高，还能使交感神经兴奋，肾上腺素分泌增多，改善和缩短运动时能源物质的供应过程。

（2）提高内脏器官的机能水平。内脏器官的机能特点之一为生理惰性较大，即当活动开始，肌肉发挥最大功能水平时，内脏器官并不能立即进入"最佳"活动状态。准备活动，可以在一定程度上预先动员内脏器官的机能，使内脏器官的活动一开始就达到较高

水平。使内脏器官的活动和运动器官的活动尽快达到同步，适应临场工作。另外，进行适当的准备活动还可以减轻开始运动时由于内脏器官的不适应所造成的不舒服感。

（3）提高中枢神经的兴奋性，使大脑皮层处于良好的兴奋状态，有效地缩短人体进入工作状态的时间。

（4）能够转移注意力，稳定临场前的情绪，克服临场前精神过分紧张。

三、裁判员临场前身体准备活动的原则和注意的问题

（1）要科学、合理、循序渐进地准备身体活动。动作的顺序一般由上肢到下肢，再到躯干，最后过渡到全身；动作的难度，应由简到繁；动作的幅度应由小到大；动作的速度，应由任到快。

（2）将一般性准备活动与专门性准备活动相结合，准备活动通常分为一般性准备活动和专门性准备活动。一般性准备活动的内容，是指裁判员临场前采用一些走、跑、徒手操和全身活动，它的作用是普遍提高中枢神经系统的机能，并使体温略微升高，裁判员的专门性准备活动，是指裁判员在一般准备活动之后，还要做一些与临场有直接关系的辅助练习和模仿练习，如侧身跑、加速跑、折返跑和各种滑步等。做上述各种活动的同时，结合裁判员的各种手势，使大脑皮层中即将参与活动的各中枢的兴奋性达到适宜水平，能对即将进行的临场做好充分的机能准备。

（3）要充分、适量。裁判员准备活动的时间，不要做得太早、太长，准备活动做好后与临场的时间不要隔的太久；活动量不能太大，以免引起疲劳。因此，裁判员准备活动的时间一般控制在临场前10～15分钟，根据季节可适当的缩短或延长；运动量一般自己感到身体发热、轻松、舒眼、灵活、有力，微微出汗即可。

第二节 裁判员赛前心理准备

一、赛前心理准备的概念

当前竞技体育比赛日趋激烈，裁判员参加重大比赛前的准备工作对比赛时良好竞技状态的形成起着重要作用。从心理上对参加比赛的情绪状态、注意指向、思维内容和临场信心等方面做好准备，这些工作可以通称为比赛心理准备。

二、赛前心理对策库的建立

（一）建立赛前心理对策库的必要性

裁判员参加比赛执法工作的信心除了来自平时训练的实力和稳定的心态之外，全面而充分的心理准备和积极的心态也是强大自信心的重要来源。为帮助裁判员做好更充分的心理准备，建立比赛心理对策库是赛前心理准备的主要内容和最具操作性的备战工作。

（二）比赛心理对策库概述

所谓"对策库"就是把所有可运用、可操作的策略和办法按所应对的目标和所要解决的问题，分门别类列成体系，以便执法运用时马上调出。能够把问题想在前面，把对策握在手中，做到在复杂多变的比赛环境下，胸有成竹、情绪稳定、超脱疑虑、信心百倍地投入执法工作，是建立对策库的主要目的。对策库的建立使我们能够做到，面对比赛可能遇到的任何问题或每个必须的准备环节，都有相应的措施、对策、有效行为、词语提示和策略，以便有针对性地做好全面而充分的赛前心理准备。

心理对策库的建立需要结合运动项目特点和比赛条件，由裁判员和心理咨询师共同配合制订，先把参加本次比赛可能遇到或发生的问题——罗列出来，再针对每一个问题制订解决和应对的办法和策略，要求每一个问题必须找出三个以上的应对策略，真正体现出

"办法总比问题多！"

（三）比赛心理对策库的类型

1. 程序活动对策库

面对比赛必须经历的各个时段和环节以及必须遇到的问题和必须进行的活动，各人应采取的对策和策略。

2. 突发事件对策库

面对可能遇到或发生的事件应采取的对策和策略。

（四）建立心理对策库的作用

（1）全面分析和认识比赛形势。

（2）增强比赛信心。

（3）有利于沟通，增强凝聚力。

（4）程序活动对策库有助于行为的有条不紊。

（5）突发事件对策库有助于净化思维。

（6）有利于集中注意力。

（7）模拟训练提高处理突发事件的能力。

（8）利于情绪的稳定。

心理对策库的不断完善和确立能促使裁判员在赛前形成最佳心理状态，其最典型的心理感受是：我已经完全准备好了，现在想的就是坚定信心、沉着清醒、情绪稳定和抗干扰能力增强。

第三节　裁判员赛前准备技巧

一、安排好日程表

所有裁判员制订旅行安排以便准时到达目的地，是必不可少的事情。当天气不好时，旅行的时间更要充裕一些，以避免耽搁比赛。强烈地建议裁判员应在预定的比赛开始时间前至少一小时到达比赛地点，抵达后，即向比赛的组织部门或技术代表（如到场）报到。

裁判员对每场比赛都应做好准备，即有良好的身体和精神状况。

裁判员个人的外表是很重要的。比赛前，裁判员要为他们的出现和着装感到自豪。希望男性裁判员到达比赛地点时穿西装（或运动外套）、系领带。裁判员的服装应是质量好的，而且洁净和平整。裁判员在比赛中不应戴手表、腕带或任何种类的珠宝。

二、开好赛前准备会

赛前准备会对于每一名即将投入比赛执法工作的裁判员来说是至关重要的一项工作。裁判员彼此会晤，并为面临的任务做好心理准备。他们是一个整体，应尽一切努力来增进团结。裁判小组的每名成员通过准备会的召开，可以达到收取信息、掌握情况、彼此了解、统一思想、相互配合的目的。

赛前准备会是对心理对策库的不断完善和补充，是裁判员执法自信心的重要源泉。

赛前准备会应涉及以下几个方面：

（1）分析竞赛规程，了解赛制和赛程对比赛双方球队的关系。

（2）了解比赛双方以往的战况及有无历史遗留的矛盾关系。

（3）分析双方球队的技术、战术特点，如夹击和紧逼防守。

（4）分析队员的比赛特点，特别是对重点队员要加以了解。

（5）分析比赛环境对裁判员执法工作可能带来的影响，包括场地设施、观众情绪等。

（6）具体安排和部署赛场上的分工及配合方式。

三、跳球前的"备战"技巧

（1）裁判员必须在比赛开始前至少20分钟一起到达比赛场地执行裁判员的权利，这是最少的必需时间，以便妥当地检查比赛设备和监督球队的热身练习。

进入赛场后，依次和客队教练员、记录台工作人员、主队教练员握手，注意你的所有行为是严谨的、是有礼貌的。

在赛前和半时热身练习中，裁判员应站在记录台对面的中线和边线处观察两个队的热身情况。并仔细地观察两个球队任何可能导致比赛设备损坏的行动。运动员抓篮圈因而导致篮圈或篮板的损坏，是不能容忍的。如果裁判员们观察到这种不道德的行为，必须立即警告违犯队的教练员，如再犯，则宣判违犯者一次技术犯规。

（2）赛前10分钟，主裁判到记录台前查看记录员已经填写好的记录表，并确保在比赛开始前10分钟双方教练员由在记录表上签字来确认该成员的姓名、号码和教练员姓名，并指明开始上场的5名队员如果没有其他情况，便再回到记录台对侧站立并告知另外两名裁判双方球队的场上队长（在没有技术代表到场的情况下还包括运动员的证件）。

（3）主裁判员还要挑选比赛用球（一个用过的球）并做出明显的标记。一旦比赛用球已经确定，任意队都不得用它进行比赛开始前的练习。比赛球应是良好的和符合规则要求的。

（4）赛前6分30秒时裁判员鸣哨并做出手势，确认所有运动员返回球队席区域。接着介绍双方运动员、教练员，先介绍客队，再介绍主队，然后奏国歌。

（5）赛前3分钟记录台发出信号，主裁判鸣哨并做出3分钟手势，提醒运动员们尚可开始最后一程的赛前热身练习，鸣哨后介绍裁判员。

（6）距离比赛开始前2分钟时，3位裁判员回到记录台。

（7）距离比赛开始1分30秒时主裁判鸣笛确认所有运动员回到球队席区域。此时，裁判员要检查双方球队席，如有违规情况，要及时给予纠正。如果违规人员不服从管理，将判罚教练员一次技术犯规，登记为"B"。

（8）赛前30秒时，U1和U2主动招呼双方运动员进场，然后主裁判和U1进场就位。

（9）主裁判员应核实每一位人员确已做好了比赛开始的准备和没有队员穿戴不合法的装备。

（10）主裁判员还要认出每队场上的队长。握手是正常的习惯做法。清楚地指出场上的两名队长，对同伴是有益的。

（11）了解双方球队席并自我暗示比赛双方的攻守方向，以避免双方攻错方向。

（12）当时间归零后，主裁判员才能抛球使比赛开始。同样，每节开始时一定要等到计时表归零时裁判员才能递交球开始比赛。

注：

① 要督促赛前20分钟和各节之间的休息时间均应开动计时器；

② 第二和第四节赛前记录台只有一次30秒鸣哨；

③ 第三节赛前3分钟和1分30秒，方法同第一节赛前一样；

④ 没有1分钟鸣哨和1分钟手势的概念。

第五章　不和谐因素对裁判员
的心理影响

第一节　和谐的意义

和谐是人与自然、主体与客体、理性与感性、自然和必然、实践活动目的性与客观世界规律性的统一；是自然界和人类社会中普遍存在的规律，是繁多因素的统一，是不协调因素的协调。无论是自然中存在的大小、比例、平衡与对称关系的各种运动选择的物质，还是人类社会经济活动中的各种有形实体或无形精神文化，和谐无处不在，并且时时刻刻影响着自然和人类社会的发展。

"和谐"在《现代汉语辞海》中解释为配合适当的意思，在《现代汉语词典》中是配合适当和匀称的意思。和谐思想在历史上源远流长。中国传统哲学十分重视和谐。老子认为"万物负阴而报阳，冲气以为和"（《道德经》）。孔子提出了"和而不同"的命题（《论语·子路》）。史伯认为和谐产生万事万物。他说："天和生实物，同则不继。"（《同语·郑语》）在西方文化中和谐观念也有深厚的思想根基。毕达哥拉斯认为整个天是一个和谐。莱布尼茨认为"宇宙是一个由数学和逻辑原则所统率谐和的整体"。赫拉克利特认为对立之中产生和谐。

党的十六届四中全会提出了"和谐社会"新理念，并且把构建"和谐社会"作为今后国家稳定发展的重要任务，所谓和谐社会，就是指构成社会的各个部分、各种要素处于一种相互协调的状态。按照这样的标准来衡量，所谓社会主义和谐社会，应当是各方面利益关系得到有效的协调、社会管理体制不断创新和健全。具体说，就是一种民主法治、公平正义、诚信友爱、充满活力、安定有序、人与自然和谐相处的社会。

"和谐"已成为当今社会发展的主题。篮球比赛作为社会文化的缩影，固有的激烈竞争与和谐发展的矛盾，如何在竞争中追求和谐，在和谐中促进竞争，这一课题对现代篮球裁判员素质提出了更高要求。不但要求裁判员要有精湛的专业技能，高超的执裁艺术，而且要保持坚定、冷静、稳健、敏锐和聪慧，体现出超强的协调能力，与运动员、教练员保持融洽关系，具备如此良好素质才能和谐处理比赛中的各种矛盾，把运动员、教练员、裁判员和观众真正融为一体。

第二节 不和谐因素

篮球场上自然也要依从社会的本质——和谐，秉持公平公正，但一些不和谐的因素依然还在制约着球场的和谐，裁判员的心理承受着这些不和谐因素产生的压力。

展现良好的体育运动行为是许多教练、家长和运动员经常强调的目标。所有运动项目的参与者都认为这可能是运动员应该学会和接受的最重要的行为。遗憾的是，当今的一些运动员没有表现出应该有的体育行为。虽然不恰当的行为总是违反规则，但有损体育道德的行为却变成非常普遍，以至于在规则中不得不对所有运动管理机构严正声明要杜绝不良好的运动行为。规则规定：运动员、教练员和替补队员及于球队有关的人员（球队席人员）不许对体育官员和裁判员言辞不敬，或使用低级粗俗不礼貌的语言和手势，禁止嘲弄对手。

球场不和谐因素是指在球场这一特定的环境场所内或球场外，因比赛而出现的一些危害社会秩序和体育发展的行为，它包括球场内外的各种非暴力和暴力攻击行为。

篮球比赛本身紧张激烈，教练员的出言不逊，运动员之间语言

乃至拳脚相加的争执，现场转播、记者的言论，解说的偏向，尤其是被现场气氛所强烈渲染的疯狂表现，以及观众给裁判员造成的压力，使裁判员感到所而临的工作非常困难。因此裁判员在执行临场工作中往往被双方队的利益意识所否定，就会遭到强烈的指责和谩骂等，对裁判员的心理和行为产生巨大的影响。

一、场上不和谐因素

（一）球员不和谐因素

球员在篮球场上的不和谐因素包括队员之间的和队员与裁判员之间的。

1. 队员之间的不和谐

由于队员对篮球规则的理解不同，在球场上，就会发生意见不和，双方都支持己见，而造成暴力的发生，有时还掺杂着球迷在内。

【现场回放】2004年11月19日，在活塞队的主场进行的一场步行者与活塞队的比赛当中，爆发了一场球员球迷大斗殴。

在全场比赛只剩下45.9秒时，活塞队落后步行者队15分，步行者前锋阿泰斯特对本华莱士来了个比较粗鲁的犯规，不过可能是由于活塞队大将本华莱士要输球心情不好，重重地推了步行者前锋阿泰斯特一下，引发了双方球员的猛烈冲突，阿泰斯特被劝回场下，躺在裁判席上冷静。就在两队人员争执时，忽然有个球迷拿了个可乐瓶子扔在了躺在裁判席上的阿泰斯特，阿泰斯特原本心情就不好，这一下导致完全激怒了阿泰斯特，阿泰斯特立刻冲向观众席上扔瓶子的球迷，然后步行者队的其他球员冲上看台与现场球迷发生了大斗殴，结果场面导致及其混乱不堪。最后大批警员冲入球场，拉开了打架的人群。阿泰被率先遣走，但是球迷非常的不理智，在步行者队球员离开时，疯狂地扔爆米花和饮料瓶还有一些其他带进去的食物。最终步行者所有球员全部离开球场，比赛哨声结束。

最终NBA总裁大卫·斯特恩经过对录像进行研判之后做出了史

无前例的从重处罚，包括阿泰斯特在内的多名球员遭受禁赛，阿泰斯特甚至被禁止参加2004～2005赛季剩余的所有比赛，史蒂芬·杰克逊停赛了30场，小奥尼尔25场、约翰逊5场；中锋哈里森虽然幸运地逃过了联盟的处罚，但他将无法逃脱法院的制裁。

活塞队中锋本·华莱士被禁赛6场，由于他并没有直接参与斗殴，免于被起诉。还有其他一些球员被禁赛了一两场，总共9名球员被禁了140多场比赛。同时，这场暴乱也再次给联盟安全保卫工作敲响了警钟，在这次事件中，由于保安措施不利，奥本山宫殿球场有多达十余名警卫遭到解雇。

事后步行者队中三员大将：罗恩·阿泰斯特、斯蒂芬·杰克逊以及杰梅因·奥尼尔由于参与"奥本山宫打架事件"，被判罚每人一年的察看期、60小时社区服务以及250美元罚款。除此之外，他们三人必须要接受愤怒情绪辅导。一位起诉人声称，他认为阿泰斯特最好要证明他已经完全通过了辅导。

几位球迷也遭到了起诉，他们在本·华莱士推搡阿泰斯特后加入了斗殴事件。最后活塞队禁止了两位球迷再次进场看球。

2. 队员与裁判员之间的不和谐

队员特别是有些大牌明星公开不服裁判，认为自己没犯规，裁判员的判罚是错误，暴躁的队员甚至会出手打裁判，这种行为会对裁判员造成影响，干扰比赛的进行。

如公牛队罗德曼可谓战绩彪炳，但也罪行累累：1994年1月4日，在对湖人队比赛中辱骂裁判，被罚10000美元；3月4日，在比赛中头撞斯托克顿，辱骂裁判，被罚5000美元；1996年1月12日（已到公牛队）因辱骂裁判被罚5000美元；3月18日被罚下场后用头撞裁判被罚20000美元，停赛6场；12月10日，因被罚下场辱骂裁判被公牛队停赛2场。

在2005～2006 CBA职业联赛第十七轮北京金隅对河南济钢的比赛，进行到第四节5分43秒，北京金隅队9号巴特尔因对主裁判罚3号外援巴顿的犯规表示不满，被主裁判罚技术犯规，这是巴特尔的第六次犯规。此时，巴特尔极不冷静，对该裁判有侮辱和挑逗性的言语，进而被主裁判宣判取消比赛资格的犯规。随后中国篮协对他做出了处罚，中国篮协根据《2005～2006中国男子篮球职业联赛纪律处罚规定》第八条第二、三款和第十条的有关规定，给予巴特尔罚款24000元（其中，技术犯规1次，罚款4000元；取消比赛资格犯规1次，罚款20000元）并停赛一场的处罚（第十八轮）。

2009年1月10日CBA赛场再次发生不和谐的一幕，福建男篮在主场95比93战胜浙江万马男篮的比赛中，平时脾气温和的浙江外援施奈德在第四节比赛还有5分多钟时，因不满裁判判罚，竟对当值裁判做出挥拳动作，好在场边维持秩序的警察及时冲进场内将施奈德拉开，这才避免事态进一步升级。裁判随即又给了施奈德一次技术犯规判罚，将施奈德当即判罚出场。

2010年1月15日，CBA联赛第十二轮的一场比赛中，新疆队客场战胜东莞取得六连胜，本场比赛对抗非常激烈，场上的火药味极浓，尤其是客场作战的新疆队，几次对裁判的判罚表示不满，老帅蒋兴权还上演大闹技术台的"好戏"，而艾伦也用摔球的动作向裁判进行"挑衅"。

球员应坚持公平竞赛，每个球员都想把球打好并获得比赛的胜利，这就必须要把球技与公平竞赛精神结合起来。公平竞赛的原则为篮球比赛创造了一种增进人们之间友好感情的特别气氛。为了使篮球比赛更具乐趣和吸引力，球员必须遵守以下行为规范：

为你的对手鼓掌；欣赏对手的球技；帮助受伤的对手；不要夸张所受伤的程度以吸引他人的注意力；不使用暴力或危险动作；不用危险动作报复对手；帮助队友和对手；避免与队友或官员争吵；无条件服从裁判员的判罚；服从尊重裁判员的判罚；不可趁裁判员不注意时犯规；有尊严地接受失败；胜不骄。

（二）观众、球迷不和谐因素

球迷是指球类运动的狂热爱好者，在英文中"球迷"是"疯狂"一词的缩写。迷者，糊涂也，不能辨别，失却方向之谓也。球迷有真伪之分。真球迷糊涂到了不能辨别支持对象（球队、球员或教练等）的程度，不知道该倾向哪一方，只能欣赏（博爱）球场内外一切表现出色者；伪球迷理智尚存，还没有糊涂到不能辨别支持对象（球队、球员或教练等）的程度。真球迷糊涂到了赛前不能辨别参赛方孰强孰弱的地步，只相信某场比赛的胜者就是该场比赛的强者，已经迷到了"世人皆'醒'我独醉"的境界，实乃球迷中之极品，可遇而不可求；伪球迷在赛前就能辨别参赛方的强弱，每遇跟其预期不同的"意外"（伪球迷称之为"冷门"）出现，其必有色眼镜大跌。

裁判员与观众的关系：裁判员与观众之间的交往，应该是执法者和旁证者之间的交往。观众要尊重裁判员的劳动，裁判员要对观众负责，一丝不苟的工作。观众和裁判员都为鼓励运动员赛出风格，打出水平，目标是一致的。但不同的观摩者对参赛各方胜负的期盼值不同，对裁判员判定的心里反馈也不尽相同。在时会产生矛盾，这一矛盾是暂时的，不是对抗性的。在比赛过程中应以不影响裁判的判定和比赛顺利进行为宗旨来处理矛盾。要彼此信任和支持，不能抱着怀疑和故意闹事的态度来对待业务上的意见分歧。

对篮球比赛来说，它的进行离不开观众、球迷的支持，特别是现在的比赛更具悬念、戏剧性和观赏性，篮球运动的丰富多彩、优雅多姿及球员的高超球技吸引了越来越多的观众、球迷。球迷的存在可以鼓励球员取得更大的成就，球迷可以与其他人们一起对促进篮球运动更好地发展发挥重要的影响。球迷自然希望自己支持的球队获得胜利，甚至一些球迷对自己喜欢的队已经到的狂热痴迷的程度，他们对喜欢的队偏爱，希望赢球的欲望非常强烈，在队员发挥不好、比分落后或是裁判员对喜欢的队的判罚稍有不慎时，往往起哄、鼓倒掌、使用不文明的语言，甚至向场内扔东西，向裁判员发泄其不满情绪。对方球队的有些球迷，为了帮助自己喜欢的球队获胜，会用嘲弄和尖叫声干扰裁判工作。

美国学者雷尼和达根对721名篮球裁判的调查结果表明，13.6%

的人回答说在执法过程中至少受到过一次攻击。一半以上的裁判员遭受过拳击、掐脖子或有人向他们扔东西。攻击者大部分是运动员（占41%）；其次是父母（占20%）、教练员（19%）和某些球迷（占15%）。球迷的这些过激行为，严重干扰了裁判员的临场工作，加大了裁判员的心理压力，使裁判员的心态失去稳定。一些无经验的裁判员或心理素质差的裁判员注意力不集中，错判率上升。

【现场回放一】2008年11月26日，北京金隅队在主场迎战江苏德玛斯特队。比赛一开始，双方就展开了激烈的对抗，双方的拼抢也格外积极。裁判的哨音四起。第二节进行不到一半，北京队和江苏都共同累积了8次犯规。但是这样的平均，却似乎并没有让任何一方满意，江苏队的哈维高举双手满脸无奈的走下场地，而北京队的球迷则高喊"换裁判"。

双方对于判罚的争执主要来自第二节，哈维在一次防守中被吹罚了犯规，而哈维认为这是一次好的防守，下场时，哈维对着主教练杰森大喊："这没有任何问题。"而在这次判罚之后的不到一分钟，裁判同样给了北京队吉喆一次犯规，造成他4犯，下场休息。这让北京主场的球迷很是不满，尤其是几个在主席台后方坐着的球迷，高喊"换裁判"。

此后，双方的拼抢持续升温，裁判的尺度也进一步加紧，在一次北京队员李克带球突破被吹罚撞人后，部分北京球迷再次表达了自己的"愤怒"。"会不会吹啊""换裁判"此起彼伏。口哨和嘘声遍布整个篮球馆。虽然北京队今天来的球迷并不多，但是这些声音显得十分震耳。

【现场回放二】球迷围攻裁判，比赛被迫终止（中国篮球首起裁判流血事件）。2006年2月19日在黑龙江大学篮球馆进行的黑辽之战，为WCBA半决赛的第三战，此前双方已战成1∶1平手。由于另一场半决赛中，女篮"巨无霸"八一队已被沈阳部队队淘汰，此役的胜者便将进军决赛。在终场前12秒，黑龙江队还以82∶85落后3分。当时，获得罚球机会的辽宁队两罚一中后，双方冲抢篮板过程中，裁判的哨声再次响起，判双方争球。由于此前裁判的数次判罚，都引来球迷乃至两队教练和队员的不满。特别是在此次判罚之前，黑龙江队主将苗立杰已因犯规满5次被罚下，令整个赛场充满了火药味。这一有争议的判罚犹如最后的导火线，立刻导致现场失控。一边，有人追着裁判喊打；另一边，有观众夺过比赛监督的麦克风高喊："坚持下去，胜利属于我们。"不光是当值主裁马立军受伤流血，还有两队的队员，一名黑龙江队队员眉骨被砸出了血。观众也未能幸免，场地的一角，一名被误伤的小球迷在接受治疗。篮框下，治安人员正在轰赶两名翻入场内的球迷，他们正拿着篮球练起了罚篮。场中央，有球迷搬来椅子静坐，说是要等个说法。

得知此事后，另一名不愿透露姓名的国际级裁判十分惊讶。他说，中国篮球联赛这么多年来，从未听说过有如此严重的追打裁判事件发生。很久以前，曾经有裁判被打了耳光，但已经有很多年没有发生过此类事件了。

【现场回放三】2007年1月7日，山东客场战吉林，赛后，现场部分球迷向客队扔东西，还有观众向图科吐口水，被激怒的图科越过看台护栏试图冲上去与观众理论，被队友阻止而未能冲上二层看台。混乱中，有观众向图科扔矿泉水瓶。图科后被公安人员护送回休息室。

球迷，作为篮球的真正支持者，应该希望自己支持的球队诚实而公平地赢得比赛。因此必须意识到只有公平竞赛，才能使比赛精彩而生动。球迷能为公平竞赛做点什么呢？以下是为球迷提出的建议：将篮球比赛视作运动而不是战争；更多地了解篮球以便更好地欣赏它；欣赏对方球员的球技并为之鼓掌；批评不良行为以及作弊行为；尊重对方的球迷；要能设身处地地理解赛场上执法的裁判员，并给予他们鼓励和尊重；反对他人以暴力或不良行为破坏篮球比赛形象。

（三）教练员不和谐因素

教练员对球员的素质及球技有重要作用，同时也对年轻人的性

格发展有很大影响。队员的表现反映了教练在发扬公平竞赛精神上做出的贡献。

除了向球员传授已有的指导方针，教练还需要向队员介绍篮球历史；教导队员遵守比赛规则；指导队长在场上发扬公平竞赛精神；鼓励队员尊重双方球迷；鼓励场上、场下的球员态度积极，纪律严谨，不违反规则；反对任何作弊或不良行为；反对违法药品及刺激物；与球员父母保持良好关系；冷静、自尊、不公开责备球员或裁判员，以身作责；严格处置蔑视比赛规则的球员或球队工作人员，不管他有多么重要。

教练员在篮球运动中的特殊角色，可以帮助年轻人在篮球和社会中养成良好的行为规范。坚持公平竞赛原则有助于教练员建立良好的声望，并为俱乐部和国家体育事业正直地做出贡献。

教练员为球员发挥不好而不冷静可以原谅，可有些教练员故意向裁判员施加心理压力，如比赛中大喊大叫："这样的犯规都不吹，球没法打了"等，直接干涉裁判员正常执法。当教练员对裁判员的裁决有争议而影响比赛顺利进行时，再开始比赛，裁判员和两队之间可能成为"敌对"关系，裁判员可能成为比赛结果的"替罪羊"，这种行为影响裁判员不能集中注意力，总想着刚刚的失误，从而出现更多的失误。

（四）垃圾话

说脏（垃圾）话，就是常说的Trash Talk，在篮球比赛中常见，就是用言语攻击对方的短处和弱点。在篮球比赛中，各种水平的球员身上普遍存在一个现象是说垃圾话。有时这种谈话被称为比赛中的游戏。垃圾话的目的大多数是让对手的心思不放在比赛上，扰乱对手心神，一些运动员用垃圾话侮辱对手、激怒对手，而且这类行为已经变得非常普遍。以至于在一场精彩的比赛过后对手经常会把真诚的祝贺误解为是对他们的侮辱。讲垃圾话可能导致粗暴的身体对抗，言词的谩骂甚至斗殴。显然这些行为不是属于篮球运动员的，是违反规则的。裁判员可通过恰当的处罚来防止这类行为的发生。

然而，许多时候，裁判员阻止不了运动员讲垃圾话的行为，甚至有的球员对裁判说垃圾话。

曾几何时，在球场上飙垃圾话和运球、灌篮一样，被认为是球员生存的基本技能。超级球星会说，菜鸟会说，球迷会说。球员在球场上对裁判喋喋不休，垃圾话对骂等严重干扰了裁判员的执法，给社会呈现一种负面印象，各国也出台了一系列政策来整治赛场环境，如NBA出台了零忍耐政策，禁止球员对裁判发牢骚。

姚明很少说垃圾话。不过上赛季，他曾经为一次吹罚而抱怨过，可是看起来场上没有人相信姚明也会说垃圾话。所以姚明告诉裁判，"我花了很多精力学着用英语说（垃圾话），我想让我的罚款交得有价值。"结果裁判笑了。

"用各种不同的语言来骂裁判！"谁能想出这样的方法来发泄自己在场上的情绪？当然只有科比。不要以为科比的砍分能力仅仅来自于他出色的运动能力，他那喋喋不休的垃圾话功底也的确帮了他不小的忙。科比最近表示，湖人队有很多国际球员，如来自塞尔维亚的拉德马诺维奇、来自斯洛文尼亚的武贾西奇和来自法国的图里亚夫，他从队友那里学了多种版本的脏话。而科比个人比较喜欢的是法语。

二、场外不和谐因素

（一）媒体不实报道

媒体记者，不管是兼职记者还是全职记者，还是广播电台、电视台或电影评论家，都应该为使篮球比赛更精彩更有吸引力而努力。媒体的首要任务是向观众转述篮球比赛，这样的转述必须让编辑、出版商或制片人满意。在时空限制内，主要强调有趣的地方，也可以针对比赛表达自己的观点或其他的更多话题。媒体的观点影响着大众的观点。作为公共媒体，可以帮助宣传广大观众都认可的公平竞争精神，这是当今世界的积极力量，值得付出更多。

媒体对发扬这一精神的贡献可以包括谴责违规和作弊行为；批评那些采用不公平手段的企图；批评蔑视公平竞赛原则的明星球员；从不同的角度考虑问题后再对裁判的判罚表达自己的意见；表扬比赛官员、队员和教练员好的行为；谴责球迷的暴力和不良行为；支持公平竞赛，鼓励公平竞赛。

对于一些关注的比赛，电视都会转播，裁判员会自觉或不自觉地提高对自己跑动和判罚水平的要求，给自己增加了压力。结果就适得其反，临场表现反而手忙脚乱，出现尺度把握过紧，一碰就吹。造成场上球员、场下观众的反感，干扰比赛正常进行。赛后电视媒体的不实报道，也会给裁判员带来心理压力，让裁判员对自己的能力产生怀疑。

（二）"黑哨"因素

"黑哨"是指体育运动中裁判员违反公平性原则的行为。一般指裁判员收受贿赂或受人指使违背公平、公正执法的裁判原则，在比赛中通过有意的误判、错判、漏判等个人行为来主导比赛结果。黑哨问题与政治、经济因素密不可分，尤其是经济因素是造成"黑哨"的毒瘤之一。

随着市场经济的发展，篮球比赛有着浓厚的商业性和职业性，使得部分裁判将公正公平的准则置于一旁，行贿受贿，偏向主队等。裁判员滥用职权，惠暴宽恶的个人行为，可能成为队员暴力行为的"催化剂"或"导火线"。根据相关资料统计显示，裁判问题是导致场上球员暴力行为的最直接的诱导因素。

裁判员为了个人私利或荣誉，不讲职业道德和原则，搞"君子协定""吹感情哨""权钱交易"，甚至黑哨，也是球场上的不和谐因素，裁判员自身就有偏差，对比赛就存在不公平不公正，影响比赛的进行。例如，"多纳希"黑哨事件。

长期以来人们对NBA裁判哨音的议论一直没有停止过，从资料上看，NBA的多数场次输赢就在几分之间，而这几分裁判只要口中的哨声一响就可轻易改变胜负的关系；从赛场上看，无论是场边的主帅还是场上的球员，或多或少会对裁判的一些判罚或是捶胸顿足或是仰天长啸，赛后他们还"敢怒不敢言（一旦发表对裁判不满言语将受到NBA的处罚）"；同样一个动作，在主场没任何犯规嫌疑，可到客场就必被吹犯规。美国某大学公布一项研究结果表明，白人裁判员判罚黑人球员犯规的比率远多于判罚白人球员。

作为竞技场上的"法官"，裁判也是人，出现一些误判完全可以理解。可在NBA这一高度职业化的联赛中，出现操纵比赛的黑哨，当事人触犯法律带给NBA的是公信度的危机。如何杜绝黑哨的产生，如何让广大球迷对裁判重树信心，是当前摆在斯特恩面前最大的难题。

第三节 不和谐因素对裁判员造成的影响

一、不和谐因素对临场裁判员产生巨大压力

压力是个体预期未来可能发生的不安，或对威胁有所知觉，因而对有机体产生刺激、警告或其他活动。裁判员执法产生心理压力的应激源是场内外的各种不和谐因素。

应激源是指环境对个体提出的各种需求，经个体认知评价后能引起心理或生理反应的刺激或情绪。它的种类包括躯体性应激源、心理性应激源、社会性应激源。有关心理应激源的说明：1936年，加拿大学者塞里（Selye.H）认为指机体对伤害性刺激的非特异性防御反应。1968年，拉泽鲁斯（Lazarus）认为心理应激是个体对外界环境有害物、威胁、挑战经认知、评价后所产生的生理、心理和行为反应。现代应激理论将其定义为：应激是个体面临或觉察（认知、评价）到环境变化（应激源）对机体有威胁或挑战时做出的适应性和应对性反应的过程。

裁判员在面对各种应激源产生的压力时其心理反应可归纳为认知的、情绪的和行为的三个方面。

（一）认知方面

非暴力因素的应激源产生的压力。非暴力因素的应激源主要是球员、教练员的辱骂、垃圾话和媒体的不实报道。当裁判员认定这一压力源具有威胁性时，智力方面的功能就会受到影响。一般来说，压力愈大，认知效能愈低，思考的变通性便愈差。在赛场上，裁判员面临巨大压力时，知觉范围变窄，内外刺激的干扰使裁判员注意力无法集中。

压力还会影响裁判员的记忆，干扰裁判员对问题解决、判断和决策的能力，并以刻板、僵直的思考方式取代较有创意的思考。这些心理素质的下降和不稳定，必将会影响裁判员对比赛情形的认知和判断，容易造成错判、漏判和反判，严重影响裁判员水平的正常发挥。

美国学者安彻尔和韦伯格（1995）对132名篮球裁判进行了研究，70名来自美国西南部，62名来自澳大利亚。作为研究的一部分，研究者们编制了一个10分制的评价量表，即"篮球裁判员应激源量表"（BOSSI）。按照重要性的顺序排列，篮球裁判员最主要的5个应激源依次是作出错误判定、教练的辱骂、受到身体虐待的威胁、吹哨时站错位置以及受伤。

当队员、教练员和观众不停爆出垃圾话时或裁判员出现错误时，观众、教练员给的压力使裁判员无法集中精力，裁判员错判率就会直线上升。

（二）情绪方面

稳定的情绪是一名优秀的篮球裁判员心理品质的主要特征之一，裁判员临场时的情绪好坏，直接关系到篮球比赛的质量。比赛要求裁判员所能达到的理想状态是在比赛场上不论发生什么意外情况，裁判员都不能产生情绪波动，要善于自我控制，冷静思考，保持正常心态继续执行任务。然而在巨大的压力下，往往会使裁判员失去自我控制的能力。压力所带来的负面情绪，如紧张、焦虑、愤怒、不安、失望、沮丧等会干扰裁判员的临场思考能力，降低反应速度和动作灵敏性，严重的还会影响裁判员的心理健康和身体机能。

观众、球迷给裁判员带来的压力使裁判员失去信心，会产生消极的心理，怕自己裁决不好，影响比赛进行，在比赛时出现紧张、焦虑，错失判罚时机，激化场上的矛盾。媒体的不实报道，也会制约裁判员以后的执裁。

（三）行为方面

面对压力时，个体会有各种行为的变化，尤其是暴力因素的应激源产生的。一般来说，轻度压力可以导致正向的行为适应，中度压力会妨碍身体各部位复杂行为的协调性，造成重复、刻板的行为动作，使个体无法适应环境的要求。裁判员如果长期背负着巨大的压力而不能解除，还会降低他对比赛环境的敏感性，使其动作对比赛环境无法适应。

二、不和谐因素会使临场裁判员丧失职业道德

篮球裁判员的职业道德是指在临场执裁中必须遵循的行为规范和工作准责，是裁判员人品和人格的体现。职业道德的核心是公正，即裁判员在比赛中公正执法、实事求是，对双方队员违反规则的行为，做出客观准确的判断，给双方球员提供公平竞争的环境。"黑哨""感情哨"使裁判员临场时表现反应迟缓、犹豫不决、尺度不一、错判、反判频繁。

第四节　裁判员应对技巧

一、提高防范及处理突发事件的能力

篮球比赛中的突发事件是不可避免的，因此裁判员应高度重视，并做好应对各类突发事件准备。在处理和解决这种突发性事件

时要有防范措施，做到：

第一，赛前要开好双方领队会，反复强调尊重对手。特别是要双方连续进行多场比赛时，上一场的身体冲突，会积怨成"激"，所以要尽早化解。

第二，裁判的临场控制非常重要，特别是在上一场已经有了对抗和冲突苗头的情况下，临场一定要把握好尺寸。一旦遇到比赛中的突发性事故时，要具有敢于对比赛负责和敢于承担责任的思想，这是解决好突发事故的第一因素；要果断，比赛中无论发生什么事故，裁判员要根据规则的精神，掌握情况，抓住要害，快速处理和缩短处理和解决突发事故的时间；处理和解决突发性事故要做到以下几点：

（1）当双方两名队员间发生冲突时，裁判员应在最短的时间内到达事发地，并用自己的身体及时将双方队员隔离，快速做出处罚决定。在自己未看清的情况下，当平息事端后可征求同伴的意见，在不能得到多方提供的确切信息的情况下，不要轻易做出处罚决定。

（2）当双方队员间发生集体冲突时，裁判员首要责任是分离冲突的双方，在同伴的协助下力争驱散双方队员。

（3）当裁判员受到队员围攻时，裁判员首先应镇定、自若，要表现出无所畏惧的精神和气概，要有排除一切困难和不利因素的信心，在对待队员的态度上应保持冷静、克制；应避免与队员发生身体接触，适时摆脱队员的纠缠；保持清醒的头脑，时刻做好对过激行为队员的处罚；其他同伴应注意观察场上的事态，并及时驱散围攻队员，协助裁判员摆脱困境。

第三，球队的管理者对于主教练和球员的沟通和教育非常重要，及时打预防针，及时防止矛盾激化。经验和应变能力非常重要。还有就是球员之间的沟通也很重要。

第四，如遇观众进入比赛场地或看台观众发生骚乱，影响和干扰了比赛的正常进行，裁判员可暂停比赛直至比赛秩序恢复后重新恢复。如比赛秩序得不到保障，裁判员应根据规则并在赛事组织部门的协调下决定推迟、延期或终止比赛。

二、增强自我控制能力和培养良好的临场心态

篮球比赛对抗激烈，瞬息万变，篮球裁判员的情感紧紧地跟随着比赛的进行而发生各种各样的变化。因此，裁判员必须通过自己的意志力来控制兴奋，调节情绪，使之适度。当临场遇到观众、球迷和教练员带来的困难时，一定要用意志保持冷静的头脑，不紧张、不泄气、不灰心，把注意力集中到判罚上；另一方面，针对初次执法的裁判员出现情绪紧张现象时，要帮助他们建立坚定的执法信念，引导他们通过自我暗示，克服消极因素的影响。当遇到外界客观情况刺激而情绪受到影响时，要使用暗示的语言，表象自己保持平静和集中，而不是慌乱，也可以用自我谈话帮助自己控制情绪，像平静、冷静、保持平静等词汇。如"我有能力，有信心完成裁判任务"之类的话，来排除各种干扰，稳定情绪，从而保证裁判工作的顺利完成。吹好每一声哨，处理好每一个球，保持大胆、果断和冷静的心理品质，这是裁判员保持正常临场执法水平的重要因素。

三、加强理论知识与临场实践能力

赛前要加强篮球专业理论知识学习，提高临场执裁技巧，做到精通规则，熟悉裁判法。同时要不断提高自己的思想觉悟，加强临场实践，丰富临场经验。只有理解好篮球规则的精神，在临场中才能果断、准确、及时地处理比赛中出现的具体问题。同时强调把所学的知识运用于实践中，针对在实践中出现的问题，要及时进行改进，才能让裁判员明白裁判工作与运动技术水平相互促进提高的关系。其次，要对裁判员进行基本功的训练，包括裁判员的手势、鸣哨、抛球以及反应和速度耐力训练等，只有反复临场实践，才能提高执裁水平。比赛中要理论联系实际相结合来处理场上的判罚。

四、赛前要树立积极适宜的自信心

自信心是发挥裁判员技术水平的重要条件之一。如何树立适宜的自信心，可以从以下几方面着手。首先，要对各类比赛要给予高度重视，对完成执法任务充满信心，做好思想、技术、战术、身体、心理等全面了解与分析，对场上可能出现的一系列问题，在头脑中先过一遍"电影"，做到有备无患，基本上能随机应变处理场上的一些问题。其次，赛前进行心理方面的自我调节，产生适宜的临场判罚的自信心，从而可以充满自信地执法，很有可能发挥自己的超长水平，使比赛持续地、有条不紊地进行下去。

五、重新解读球迷的行为，正确应对球迷和垃圾话

裁判员可用两种方法来应对球迷。第一种方法是用良好的集中注意技能来抵制它，使比赛在你的控制中。使用表象你可在心里演绎球迷要和你说的垃圾话。把注意集中在与任务相关的想法上（狭窄的内部集中或狭窄的外部集中），了解和控制自己注意的焦点，这意味着其他队员和球迷与你讲垃圾话的时候，提醒自己要做的事情。你可以提醒自己，对方球队球迷的目的是让裁判不能把注意集中在想做的事情上，他们企图分散判罚时的注意。此外，你还可以运用"表象""提示语"和"注意集中"等手段，使自己把注意集中在手头的任务上。

对待来自对方球迷的嘘声、尖叫、沉默的第二种方法是按照自己的方式重新解读。有些裁判把对方球迷的这些行为看成是在鼓励自己，把所有球迷的尖声怪叫都看做是在为自己加油。因此，当听到球迷们的尖叫时，他们便使用自己的自我谈话："他们越是尖叫，我就要做得越好。"把对方球队球迷们的"沉默"解读为对自己的"欢迎"。重新解读几乎可以使裁判在观众做出任何反应的情况下都能受到激励，获得动力。

六、赛后要自我总结，对一些判罚主动记忆，主动遗忘

赛后，裁判员对当场比赛进行总结是十分必要的。总结不仅可以使裁判组全体成员对执法比赛的裁判工作有一个客观、真实的评价，还可以对在比赛中出现的问题提出意见和建议，从而达到总结经验，吸取教训，不断提高的目的。

自我总结可从评价自我心理状态、评价执行规则、控制引导比赛的能力、对关键球的把握等几方面进行总结。

（1）评价自我心理状态：对比赛胜任的信心度；对来自于运动员、教练员、观众等的干扰；对比赛激烈程度的反映；对突发事件的处理。

（2）评价执行规则、控制引导比赛的能力；能否正确地理解和运用规则；判罚的准确性；跑动与选位；对赛场的管理；对关键球的判罚。

对于比赛中的一些执法犯规正确的，裁判员要主动记忆，各种记忆痕迹越多，越固定，当再有相同的情况，记忆重复出现，会使裁判员从容应付复杂场面。对于一些不良行为的记忆及各种负面刺激要主动遗忘。

七、提高政治觉悟，树立职业道德

在裁判员的成长过程中，应自始至终进行职业道德的群体教育，经常以职业标准反思自己的言行，把坚持原则、公正准确作为裁判生命的座右铭。这样，在篮球运动日趋商业化的今天，才能抵御金钱、地位、亲情等的诱惑，始终保持一颗公正的心。

不和谐因素与裁判员心理变化有密切联系，并起重要作用，加强裁判员的心理训练是必要的，也是很重要的，其目的在于调动各种积极因素，克服各种不利因素，保证执法水平的正常发挥，裁判员必须从心理方面认真训练，对高水平裁判尤为重要，这样能提高

篮球临场裁判的执法水平和执法技能，这对篮球运动的流畅性有重要意义。因此，改善和提高临场裁判员的心理能力，保持比赛的稳定性、观赏性、公正性，是当前迫切需要解决的问题。

第六章 影响篮球裁判员预判能力的因素分析

在当今高速度、强对抗的篮球比赛过程中，"犯规"常常出现在一瞬间，稍纵即逝，因此，对篮球裁判员迅速正确做出判罚的要求也越来越高。如何在瞬间扑捉时机做出准确的判断，这是篮球裁判员必须具备的最重要的素质和能力。提高裁判员预先判定能力，准确地观察判断运动员的每一个细小动作，敏锐地抓住运动员有失公平竞赛和违反规则的动作行为，并做出相应的判罚，对比赛能否高质量顺利进行至关重要。

第一节 篮球裁判员的预见性

预见是估计可能发生的情况，以便做好行动的准备；判断则是根据已发生的情况采取相应的行动。篮球裁判员预判是指在队员做出动作之前，裁判员根据队员姿势和身体等部位发出的信息线索提前做出部分或完整应答反应的能力。心理学家波尔顿1957年就提出过知觉预测（Perceptive Prediction）的概念（Poulton,1957）。他认为，在某些情况下，运动成绩将取决于对不完整信息或先行信息的加工过程。这一过程就是在知觉理解的基础上通过想象来完成的。在那些时间充足或情境稳定的项目中，裁判员可以根据运动员的技能表现做出不同决策而无需预判，如跳水，跳高等。但在同场对抗性的球类项目中，场上情况瞬息万变，由于运动员快速移动和移动路径的不确定性，裁判员必须对临场情况的变化具有高度的预见

性，即要基于部分或先前信息来对运动员下一个动作做出某种程度的预测，为决策赢得时间，否则就会漏判甚至错判。这就要求裁判员不断地和及时地对这些没有固定模式的变化做出准确的判断与决策，同时迅速做出反应。为了能够及时准确地做出判断，裁判员通过专门化知觉善于预见可能出现的以下各种情况。

一、位置、区域的预见

裁判员通过空间知觉和视觉搜索在队员犯规动作前判断攻防队员的空间特征和彼此之间的关系。视觉搜索（visual search）是引导视觉注意到一个适宜的环境线索的过程。裁判员在完成判罚的准备过程中，需要进行视觉搜索以便从比赛中选择与具体情境有关的线索。裁判员对双方队员的位置进行估计和判断，也许不得不依靠不完整的信息作出估计和判断，甚至利用统计推断来估计和判断违犯的可能性。

裁判员依靠视觉搜索判定运动员的移动位置、方向和角度。负责有球区域时，特别是一对一的情况下，寻找两队员之间的空间以便覆盖动作，努力在防守队员和进攻队员之间保持尽可能好的视角。负责无球区域时，特别注意策应、掩护。当队员试图移到一个新的位置时，要辨认他是否已被对方队员非法地阻止。警觉篮板球的情况，如果一个队员从不利的位置上获得不公正的利益这是犯规。当其不是故意的和未影响比赛的接触，应被忽略。比赛中，要不停地移动，并努力在防守队员和进攻队员之间保持尽可能好的视角。预见性观察的技巧：

（1）"了解球"，不等于"盯着球""跟着球"观察。球在同伴区域，余光要了解球的位置和情况，目光要回收，注意预见本区无球重点矛盾的观察。

（2）"看你要看的东西"的观察。球在本区域，不一定始终看着球点，有时候应将视野放在可能会发生问题的重要点上，此时，视线要不断转移，眼珠要不断摆动，还要运用余光观察技巧。

（3）进攻队员持球、运球、投篮时的观察。这一过程很快，此时不仅要观察攻守双方的发展全过程，还要预见观察（或用余光观察）时段性的重点。

二、队员动作的预见

比赛是为了争取胜利，取胜要视进球的多少，进球首先须得到球。所以，对球的争夺、控制与反控制形成了比赛的焦点。裁判员观察队员争夺球的动作与球之间的关系，是预见其动作是否有犯规可能的依据。其具体表现为：

（1）控制球者犯规的可能性小，反控制球者犯规的可能性大。

（2）距球近者犯规的可能性大，距球远者犯规的可能性小。

（3）距球同等距离时，动作快者犯规的可能性小，动作慢者犯规的可能性大。

（4）目的对球的动作犯规的可能性小，目的不是对球的动作犯规的可能性大。

三、队伍战术与实力的预见

作为一名裁判员，必须知道场上球队的战术特点，以及他们惯用的套路。这是裁判在长期吹比赛的基础上建立起来的。每一次判罚，都是平时练习的积累。如时间快结束时，比分很接近，B队落后，A队发底线球，B队会采用犯规战术，A队罚球，B队争取时间，这时裁判应对这类犯规要有预见性。

预见性必须和球队运用技战术结合起来。了解运动员的攻防技术能力和球队战术配合，是做好预见性观察的保证。裁判员在执法每一场比赛之前，都要看一看相关的资料，这对于重大比赛来说，无疑是个好的方法。工作的方式很简单，拿来一块黑板，在中间划上一条线，把它分成两个部分，然后在各自的半块黑板上，记录下两支球队的特点。通过这个方法，裁判员就能够较好地存储一些信息，然后再把这些信息传达给团队中的各个成员。球队可能排出的阵型、战术风格、主要套路、球员的技战术特点，总而言之，所有的这一切，在比赛的过程中都对裁判员有所帮助。

如果某队的整体实力不如对方，或某队员的实力不如对应位置的对方队员，该队及该队员就可能抢先采用犯规手段，一方面恐吓对方；另一方面激发本队的士气。

四、队员情绪的预见

篮球比赛充满激情，激情来源于队员多种多样的情绪，而有些情绪可能导致犯规的出现。所以，洞悉和预见队员心理情绪的变化，有利于裁判员采取相应的行动，并能及时判罚。

（1）报复。当甲队员对持球的乙队员犯规后，乙有可能产生报复心理，此后当甲队员持球时，裁判员应注意乙队员上前防守的过程中是否带有报复情绪。

（2）恼羞成怒。当甲队员合理地封盖、抢断乙队员所控制的球后，乙有可能恼羞成怒，尤其他自以为是"球星"时，裁判员应防止其采用某些不正当的小动作以挽回"面子"。

（3）兴奋。某队员暴扣或投进一个有难度球后兴奋不已，适当的庆祝是允许的，但裁判员应留意队员因兴奋过度面造成的拖延时间或做出不雅的举动。

（4）冤屈。队员可能对裁判员的某些判罚或不判罚想不通，而感到冤枉委屈，裁判员对此可做出理解的表示，或伴以适当的安抚方式，避免其做出不理智的举动。

（5）无所顾忌。某场比赛临近结束，败局难以挽回，纪律制裁也收效甚微。此时裁判员应警惕落后方队员因无所顾忌而做出"破罐破摔"的举动。

五、队员类型的预见

对于裁判员而言，了解球员的特点，特别是其技术特点，是一件极为重要的事情。队员有技术型、力量型或进攻型、防守型。从队员类型来预见队员的犯规动作，判断队员是采用挤撞、推人、用手或肘阻挡动作还是采用强行突破造成带球撞人等犯规动作，哪个球员喜欢伴装，哪个球员善于伴装。

第二节　影响裁判员预判能力的因素

一、影响篮球裁判员预判能力的识别因素

识别是辨认、辨别、区分、分辨的意思。它是预判能力的基础，裁判员要宣判及时准确就得具备很高的识别能力。

（1）全面透彻地理解规则和裁判法，掌握世界篮球最新发展趋势和国际篮联的最新执裁精神，知道什么是错误的，什么是正确的，要在大脑皮层形成一个正确的动力定型。

（2）有较好篮球意识，较深刻地熟悉现代篮球全面型打法，了解参赛双方球队的技术特点和战术组合。

（3）了解队员行动的目的和意图。要对队员所做动作的目的性有所了解，是为了去抢球，还是为了去犯规，或者是为了阻止得分，或者是为了报复对方。

（4）正确判断教练、队员和观众的反应。有时教练员和运动员是由于故意的作秀才做出的反应，这时裁判员要及时地进行管理。但有时是对裁判员的判罚不理解而做出的反应，这时你就反思一下，是否吹错了。队员刚做了一个漂亮的扣篮，全场观众为之欢呼雀跃，你却吹了个带球走违例；你吹了一声哨子，防守队员已经把手举了起来，你却判进攻队员带球跑；比赛正在平稳进行，裁判一声哨子下去把大家吓了一跳，所有人都在莫名其妙地看你。

（5）对同伴判罚的感觉。对同伴的判罚要有感觉，要把同伴的判罚尺度和标准与你的判罚尺度和标准溶在一起，而不是你吹你的，我吹我的。还要感觉到同伴的压力，需要时要帮助同伴。

（6）正确阅读比赛，合理执行有利无利原则。不合法的身体接触不一定百分之百的是犯规，造成身体接触的队员没有获得利益，对方没有失去利益的时候，我们就认为它是一个正常的身体接触。

有时一个动作在正常的情况下不一定吹的犯规，但是在比赛中，这个动作在对比赛有影响或获得了利益或造成了球权的转换等情况下就必须要吹犯规。比如：

①此防守动作造成了进攻队员带球跑违例；

②此防守动作造成了控制球队员出界；

③此防守动作造成了控球队员持球回后场违例；

④此防守动作造成队员投篮不中；

⑤此动作造成了队员倒地；

⑥此动作在客队身上宣判了犯规，相同的动作在主队身上也要判犯规。

（7）及时全面掌握场上各种情况

①某一队员被连续吹了几次犯规，在前几次犯规里是否有哪一次不准。

②某一个球队被连续吹了几次犯规，或被某一个裁判连续吹了几次犯规。

③要记清楚哪一名队员已经达到4次犯规，在第五次犯规一定准上加准。

④双方火药味很浓，动作很大。

⑤一个队在某一节全队犯规已经达到4次以上，而另一个队一次都没有。

⑥某队实力很强，比分一直领先，但最后被对手反超，在这个过程中判罚要准上加准，不能让被反超的队把责任推到裁判身上。

⑦双方实力差距很大，裁判却一上来就盯着实力差的队吹，对实力差的滴水不漏。

⑧比赛开始帮着实力差的队，当实力差的队快要赢球时，又使劲压着实力差的队，调来调去就会把自己调进去，吹的"里外不是

人"。

⑨比分相差了30分，比赛快要结束时，裁判却盯着落后的队吹，正好此时又漏了一个比分领先队的犯规，人家就会说裁判落井下石。

⑩在比赛的最后阶段，当裁判拿不准是吹防守犯规还是进攻犯规时，吹比分领先的球队效果较好。

裁判员他在判断一起接触是否构成犯规时自觉不自觉地把上述这些因素考虑进去，做出正确的、符合客观情况的、让所有人都认可的判罚，也就是对比赛有利的判罚，这就是良好的执裁感觉。

（8）积累丰富经验。裁判员特别是年轻裁判员必须通过大量场次的执裁才能积累出好的宝贵经验，就像大夫一样，病看得多了经验就越足，就可以应付各种疑难杂症。

裁判员要懂得"提倡什么、反对什么"。强调比赛的流畅性和宽容性。所谓流畅性，是要求最大限度地保持比赛的连贯性，对无足轻重或是没有从中得利的非法动作，不判；对没有形成和影响使对方失掉对球的控制和进攻得分的非法动作，不究。所谓宽容性，是在规则的尺度下，运用"有利无利"的原则，对不影响对方直接得分和得分良机的一般性侵犯动作，要视而不见，有意放过；而对直接影响对方得分的犯规坚决判罚。这样才能有效地惩罚那些想从犯规中捞取利益的球员，鼓励运动员正当对抗来增加比赛的精彩场面。哨声多、出哨快并不是衡量裁判员水平高低的标准，能否合理地运用有利与无利原则以保持比赛的流畅、精彩、激烈，并使自己的哨声能符合双方球队的攻防节奏，才是衡量篮球裁判员执法水平高低的标志。

二、 影响篮球裁判员预判能力的视野因素

所谓视野，就是单眼固定注视前方一点时，所能看到的空间范围。视野是裁判员正确预判的基础。视野的大小直接影响着临场裁判员的观察面和观察效果，影响临场裁判员判断的准确性。裁判员的视

野越大，他在瞬间所观察到的空间范围也就越大。比赛中裁判员通过双眼观察，预见球的发展和队员的活动，客观地判断整个区域空间，队员的动作是否符合篮球运动规则，从而做到正确的判断。因此，篮球裁判员应具备广阔的视野范围，才可能在瞬息万变的比赛中做到统观全局，既清楚场上运动员的情况，也能清楚地看到球的转移，做到人球兼顾，这样才能对比赛做出客观正确的判罚。

三、影响篮球裁判员预判能力的视觉感受性因素

感受性是指对刺激的感知能力。视觉感受性是通过视觉来分辨刺激物的能力。裁判员主要是以视觉来分辨比赛中出现的各种情况，如场上出现即将打架苗头等，这需要裁判员专门性的感知能力。这种能力就是我们的执裁感觉。裁判员临场执法时，其判断的准确性和统一性与视觉感受性的高低和适应性的强弱关系最为密切。

裁判员视觉感受性高低是建立在裁判员识别因素和视野因素的基础上，优秀裁判员的视觉感受性要优于中级和初级裁判员。裁判员只有良好的视觉感觉性，才能在临场工作时把观察力有效地建立在可能会发生违例或犯规的地方，及时发现阻碍比赛顺利进行的各种苗头，并把它消除在萌芽状态。以此达到提高临场裁判员观察的目的性和判断的预见性。

四、影响篮球裁判员预判能力的反应因素

快速反应源于思想上的提前预判和身体上的提前准备。

裁判员看见和捕捉到的违例、犯规或听到的身体之间冲撞或其他不正常的声音，这些信号通过中枢神经系统立刻处理，分清性质和相应罚则，与此同步做出的是裁判员口中的哨音和手势。这一过程从开始到结束一般不超过0.3秒。当今篮球比赛速度之快、对抗性之强，今人难以想象。在如此短暂的时间内，任何裁判员都不可能临时在规则中寻找有关的条款。

篮球裁判员能否提前预判，成功地进行判罚，在很多情况下

取决于他的反应能力。反应是一种有意识的应答动作。所谓反应能力，就是对外来信号的反应，并迅速做出相应动作的能力。裁判员要警觉和警戒场上情况，迅速地把感觉和知觉到的现象，经过去粗取精、去伪存真、由此及彼、由表及里的加工。对不频繁而又无规律的刺激做出快速、准确的反应。

反应时间可分为单纯反应时间和选择反应时间。优秀的篮球裁判员的单纯反应时间为0.2～0.3秒，一般的篮球裁判员为0.3～0.4秒。篮球裁判员必须能够在很短的时间内选择适宜的动作去回答瞬息万变的外界情况，否则，将会影响他们执裁水平的正常发挥。

五、影响篮球裁判员预判能力的心理因素

影响裁判员临场心理因素主要有比赛性质、规模、激烈程度，运动员、教练员对判罚结果的反应，以及观众的表现等。如果裁判员在场上不能稳住心态、控制注意力，就会出现分心现象、头脑麻木，严重者还会出现大脑暂时空白，即"晕场"现象。故临场心理因素会对裁判员临场注意范围和注意分配产生一定的负面影响。篮球裁判员面对此类情况的处理能力灵活性不够，往往直接影响到自己的执裁状态，出现预判异化的情况。

（一）注意品质

不同的运动项目，对注意品质的广度、深度、集中性和稳定性等方面，都有不同的要求。球类运动员要求注意的广度，射击运动员则要求注意的集中，而篮球裁判员所需要的注意品质是全面型的。

（1）注意的范围要大：临场时要根据比赛的具体情况，按照裁判法中区域分工与配合，把场上10名队员的攻守动作和与比赛有关的所有情况时刻都要置于注意的范围之内，只有这样才能把运动员在比赛中明的、暗的违反规则的行为和动作吹判出来。

（2）注意的稳定性要强：临场裁判员注意的稳定与否，直接影

响着判罚的尺度。有的裁判员由于健康状况不好，情绪不好或者受到其他事情的刺激，使自己的注意不能稳定在判罚上，则出现开局与结束，上半时与下半时，比分拉开与比分接近时判罚尺度掌握得不一样。

（3）注意的分配要合理：篮球裁判员要把注意恰如其分地分配到与比赛有关的对象上。不仅要看球，而且要看人；既要看场内，又要看场外的球队席和记录台；要看有球区，还要看无球区；要看篮上，更要看篮下。只有这样，才能及时发现和处理与比赛有关的问题。

（4）注意的转移要及时：篮球裁判员注意的转移，是根据战术变化而转移，是根据比赛中发生问题而转移，是根据比赛中球动、人动而转移。有时需要从判断队员犯规、违例上，转移到宣判程序和处罚上；有时需要从观察篮上转移到篮下；有时需要从观察球上，转移到观察人上；有时需要从观察场内转移到观察场外，有时需要快速转移，有时需要包点转移。注意转移的是否及时，直接影响着临场裁判员反应得快慢和果断的判罚。

（二）意志品质

篮球裁判员的临场目的，就是要按照规则，维护队员合理的技术，提倡对抗，制止比赛中运动员、教练员出现的各种各样非体育道德行为，保证比赛的顺利进行。裁判员要做到客观地反映比赛情况，反映运动队的实际水平。这就要求篮球裁判员必须具备沉着、冷静、大胆果断等意志品质。只有具备良好的意志品质，才能仔细观察和正确分析比赛中出现的各种复杂情况，才能果断地做出判断和处罚。如果临场裁判员的意志薄弱，克服各种困难和抗干扰的能力就差。我们常常见到，有的裁判员在临场中对运动员、教练员的不良行为，不正确的动作，犹犹豫豫、举棋不定、优柔寡断，原因就是意志薄弱。优柔寡断的裁判员会失掉运动员、教练员和广大观众的信任，很难尽到裁判员应有的责任。造成裁判员临场时优柔寡断的原因是多种多样的，一般来说，性格内向，气质上属粘液质、抑郁质的人容易出现。此外，还与个人生活环境、社会经验和知识面有很大关系。缺乏临场经验的人，容易在失败、挫折和打击下产生恐惧、怀疑、动摇不定；知识贫乏，修养差，往往使人认不清大局，把不住方向，辨不明是非，当然也就不可能有积极、主动、果敢的行动。要克服临场优柔寡断，加强意志品质的培养，要努力做到以下几点：

（1）要培养自己在处理问题时，有热情、有勇气、有自信心。

（2）要充分认识篮球裁判在执法中的地位和作用，要维护裁判员的光荣称号和裁判员的高大形象。要记住裁判员的天职就是秉公执法。

（3）要廉洁，重金难买裁判员公正的心。

（4）对赛前、赛中出现的各种干扰和压力，要有充分的思想准备。

（5）要培养良好的心境，要注重个人修养，丢掉患得患失的思想包袱，通事心平气和，并多参加集体活动，增强社会交往，以培养热情开朗的性格。

（三）自制力品质

篮球裁判员必须要有良好的自制力，不管比赛中发生什么问题都要随时控制自己的情绪。临场裁判员是比赛的组织者、教育者。因此，在场上执法的举止要表现出应有的形象和风度，除仪表端正外，更重要的要有修养、有理智。在激烈的比赛中，运动员的情绪很容易激动，有时对判罚会出现不文明，甚至不礼貌的举动，此时，就要控制情绪，保持冷静的头脑，用规则进行处理。聪明的裁判员总是在忍中制怒。对运动员在火头上过激的活动和行为，不火上浇油，不动感情，不以牙还牙。只有这样，才能更好地行使裁判权，才能保证比赛的顺利进行。

第三节　提高裁判员预判能力的训练方法

一、视野训练方法

广阔的视野是篮球裁判员及时而准确地判断临场情况的先决条件。每个人的生理视野几乎是相同的，通过专门的训练，比如余光训练、视线快速转移训练、单人临场训练，可以有效地扩大视野范围。

（1）移动练习。要认真学习和熟练掌握侧身跑、变速跑、变向跑、侧滑步和前、后滑步、后撤步、交叉步等脚步动作，这是做好裁判工作的基本功，也是裁判员正确选择观察位置及时调整观察位置的基础。

（2）静视野与动视野练习。周边视野是指收看到的眼端目标的范围。当凝视眼前某一点时，其周围所看见的全部空间叫做静视野，至于不动头部而以眼球运动所看见的全部空间则叫做动视野。

静立站立或者在移动中，头有目的地向左右或者上下转动，眼睛随着头的转动，不停地寻找自己所需要的观察物，以此提高快速观察的能力。

（3）比赛练习。经常观看或临场教学比赛，以此达到扩大自己的视野，提高全面观察的能力。要做到点、面结合兼顾球，合理地分配注意力；调整观察视区，要扩大视野的深度与宽度，不断做视野的变焦，使视线尽量缩小盲区。

裁判员要掌握上下左右十字观察的技巧，包括水平面和垂直面的观察，要能始终将场上10名队员和自己同伴纳入自己的视野范围以内。在篮下要看清篮上动作，必须学会后撤半蹲，扩大仰角的观察方法，从各种位置的观察、依靠身体的移动来实现目光的转移，随着球转，人球兼顾。宽阔的视野不仅能使裁判员全面了解场上的情况，而且有利于减少漏判或错判。

二、反应训练方法

训练篮球裁判员的反应能力，首先要训练他们集中注意的能力。在训练时，由于神经和肌肉协调很重要，所以，训练时间不需要太长，以中枢神经不感到疲劳为宜（约6s）。

（一）从听觉方面来培养

听口哨、听掌声或口令做变向变速的移动（横滑步，侧滑步，交叉步等）。

（二）从视觉上来训练

配合手势、移动目标等做各种各样快速起动、移动变向。如陪练者持球向空中抛起时，练习者尽力往前跑，当球落到陪练手中，练习者又迅速往回跑，此方法可供多人练习。

（三）心理训练方法

篮球裁判员的心理训练主要包括注意品质、意志品质、自制力品质三方面内容。具体要求为：注意的范围大、稳定性强、分配合理、转移及时；沉着、冷静、大胆、果断；高度理智、适度紧张；经常进行模拟临场气氛训练。临场执法时要排除心理障碍，排除外界应激的干扰，面对复杂的局面、意外的情况、突然的变化、巨大的压力能够"兵来将挡、水来土掩"，既坚持原则又合乎情理地应对自如。不断地从主观上进行自我情感的认知调节和自我意识的强化，保持一个篮球裁判员最适宜的心理状态和心理定向。

如果你有许多的信息可供支配，那么你就能更好地"读懂"这场比赛。"读懂"这个词应该成为裁判员的一个基本词汇，而教练员们已经这样做了。一成不变的裁判方法是不存在的，不可能有哪种方法适用于所有的比赛。裁判员应该养成一种近似于变色龙的能力，使得自己的特点能够适用于各种不同的比赛。所有的比赛都是不同的，因此就应该使用各种不同的方法来面对它们。同一场比赛中也会存在着许多不同的时刻。裁判员的能力恰恰就在于他能否适

应比赛的需要，或者再进一步说，在于他能否预测到可能发生的事情。如果一个裁判员能够预测比赛的进展情况，那么就意味着，他在事情发生之前就已经做好了准备。

　　裁判员尽量不去计较球员的个人行为。对于裁判员这个角色而言，他不应该有先入为主的概念。在托斯卡纳区有一个谚语：被开水烫过的人会连冷水也害怕。如果裁判员知道水是开的，肯定不会把手放进去。知道的信息越多，水是开的这个"迹象"越明显，裁判员就越不会让自己被它烫到。但是，裁判员要做的就是去发现场上发生的情况，然后对它做出一个评价，而不是记住以前曾经发生过的事情，不能根据那些过去的事情做出判断。

　　影响篮球裁判员预判能力的因素是多方面的，及时准确地做出判断，善于预见可能出现的情况是裁判员必备的条件。篮球裁判教学与训练中就要以此为基础，将视野训练，反应力、判断力训练同裁判执法训练和心理训练有机结合起来。只有提高裁判员的预判能力，才能为篮球运动提供更好的服务。

第七章　篮球裁判员的沟通技巧

第一节　裁判员非语言沟通技巧

"任何时候都不要低估沟通与交流的力量。你也许拥有丰富的篮球知识，但如果你不能和你的同伴、球员、教练员进行有效的沟通与交流，那你对篮球比赛的理解只能产生有限的价值。"

非语言沟通是裁判员必须会说的"语言"。篮球比赛中，经常看到裁判员之间利用手势、移动路线、目光接触、面部表情等非语言进行沟通，美国心理学家总结出如下公式：交流一项信息的总效果=7%的词语+38%的副语言+55%的面部表情。其中副语言属于非语言的范畴，因此，不难看出一个信息的总效果的93%是靠非语言的沟通来实现的。非语言沟通借助身体各部位做出的动作和姿势，可以表达细腻的感情、传递丰富的信息、构建和谐的比赛环境，发挥口语不可替代的独特作用。在通常情况下，非语言沟通方式比语言沟通方式更有效、更具有表现力和吸引力，又可以跨越语言不通的障碍，所以比语言沟通更富有感染力。

篮球比赛中非语言沟通增加比赛观赏性，增加裁判员、运动员、教练员及观众之间交流的信息量，使比赛更加和谐、流畅。

卓有成效的裁判员会认真观察同伴、球员、教练员，学会读懂他们的肢体语言。

一、非语言沟通的概念

非语言沟通是以人的肢体语言（非言语行为）作为载体，即通过人的目光、表情、动作和空间，以无声的形式来传递信息、表

达情感，进行人与人之间的信息交往。人类的非语言沟通表现形式主要包括面部表情、手势、目光、体势语、动作和身体接触等。它是一种显现性的符号（即通过身体的部位做出各种姿势），较之抽象、概括的口语符号更形象，更具体。

二、非语言沟通的作用

（一）传递信息的作用

人的非语言行为是一种符号，能传递一定的信息，能为处于特定文化的人们所理解和接受。据研究，各种感觉器官接受信息的比例是：视觉87%，听觉7%，嗅觉3.4%，触觉1.5%，味觉1%。非语言沟通是通过视觉、触觉器官感知来传递信息。篮球规则中裁判员手势有59个，裁判员通过场上队员犯规和违例情况鸣哨做出相应手势进行判罚。裁判员之间通过手势、目光、表情、移动等非语言沟通来完成一次配合。

（二）替代情感的作用

非语言沟通是人类最普遍的沟通方式之一，人们在平时自觉不自觉地使用着，是一种极富表现力的交流手段，美国心理学家艾伯特·梅拉比安认为，语言表达在沟通中起方向性和规定性作用，非语言才能准确反映出人的思想感情。篮球比赛中当队员完成一个漂亮动作或队员之间完成一个默契配合时，队员之间相互用身体激情碰撞，教练员和观众的掌声、微笑给队员以鼓舞和激励。非语言沟通在情感互动中的作用远远超越了言语本身的作用。

三、裁判员非语言沟通技巧

（一）用手势替代和强化语言，营造赛场氛围

我们的裁判员用两种语言同时传递两种信息：数字语言和类比语言。临场中，裁判员的手势是裁判员在场上向所有人发出的一种信息和语言，它清楚准确地指明了场上发生了什么，该怎么做，它

是一种用手势表达的无声的语言。裁判员在篮球比赛执法过程中运用59个手势代替语言传递各种信息，从一场比赛的开始到结束裁判员离不开手势，手势贯穿着整场比赛，裁判员的手势是世界篮球运动中的共同语言，是临场裁判员管理和指挥比赛的重要工具。是裁判员与裁判员之间，裁判员与教练员、队员之间的联络信号，同样也是裁判员在临场执法中的第一语言，每一个手势都表达着一种特定的含义，每一个手势都有它的动作方法和要领，规范化、统一化的手势传递比赛中出现的各种信息。它能够直接、简练、鲜明地表达比赛中所发生的情况，也可以直接从不同程度上控制比赛，所以比赛中如果裁判员使用手势不当、少用或手势不清晰、滥用都会造成比赛不同程度上的混乱，出现一些不必要的争论，影响比赛正常顺利进行。清楚、准确、果断、美观、大方的手势能提高裁判员的自身的形象和威信，向人们展示你对裁判的精通程度，营造赛场气氛。

裁判员手势要简洁明快、清楚有力，要让队员和观众都能看清楚、看明白。给记录员的手势要与眼同高，并注意手势的顺序，必要时可结合语言。手势是裁判员在比赛中最权威的语言，只要他的判罚是严格按规则执行的、公正合理的，任何教练员、运动员都必须遵守执行。

（二）运用移动来调控比赛

场上裁判员的移动是贯穿比赛始终的体态语言，直接影响到运动员、教练员及观众对裁判员的认同。调查表明：裁判员在执裁一场高水平的篮球比赛中奔跑距离为4000~10000米。场上裁判员积极有节奏的移动，优雅的移动姿态体现了一名裁判员的精神风貌，会给人一种生机蓬勃的感觉，从而在一定程度上也可以感染运动员充分发挥运动水平，营造赛场氛围，提高比赛观赏性。另外，场上裁判员精神饱满、移动积极，始终跟随球的转移及时跑动到位，判罚及时准确，会给运动员以信任感。反之，场上裁判员在缺少精气

神、漫不经心、移动迟缓、手势不及时，就会出现一些漏判甚至错判从而制约运动员的技术发挥，必会失去大众对裁判的信任，导致比赛失控，影响比赛的公正性和观赏性。因此，场上裁判员在整场比赛中应根据不同的情况，积极合理地运用前进、侧移、后退等移动方法来表达信息，调控比赛。

（三）运用目光、表情来传递信息

俗话说"眼睛是心灵的窗户"。人类的眼神、面部表情极为丰富，通过它可以传递大量信息，专家研究，大约有2500种脸部表情表达思想和感情。在比赛中裁判员可以用面部表情传递自己的思想，要做到从容、自信、威而不怒、严而不凶、霸而不狂。如对于容易犯规的运动员可用严肃的表情，威严的目光来震慑他们，而对于一些对判罚不理解，但态度好转的运动员，则可通过友好的表情和友善的目光给予安抚，使其心理获得平衡，情绪恢复稳定。

在篮球比赛中，裁判员以敏锐而充满洞察力的目光环视比赛，目光争取覆盖整个场地，要时刻知道所有10名队员和同伴的位置所在，将队员、同伴活动情况尽收眼底，及时捕捉反馈信息做出适当的调整。目光联络是裁判员必须掌握的一项执裁技巧，要形成一种习惯性的条件反射，进行自觉的目光联络配合，要全面贯穿于整场球。目光联络好坏，直接影响到其他很多配合质量，能进一步加强互相间的沟通、帮助、鼓励、信任，2个或3个裁判员像一个整体，一个团队在执法能减少错误的发生率，默契配合，统一尺度，控制场面。

掌握目光联络配合的方法和默契。如点个头，做个预定联系手势，脸部一个表情，互相反馈表情和手势，如有必要可互相碰头等。钻研目光联络时机，并形成一种习惯性的条件反射，进行自觉的目光联络配合，全面贯穿于整场球

（四）运用适当的接触交流来调控比赛

身体接触交流是交流双方通过身体接触来传递信息的一种方

式，是一种最亲密、有效的沟通方法，可作用于人的精神和神经系统使人感到舒适和放松，它常常能提供有影响力和感染效果的信息。在篮球比赛中，当队员对裁判员判罚不满时，裁判员可以轻拍其肩膀，肯定这位队员的犯规行为并对其进行无形的警告；当队员跌倒裁判员把他拉起可以传递关怀之情；比赛开始前和比赛结束时裁判员之间相互握手以示祝愿、理解等。

接触可以传递安全信息，使受者有种慰藉感、舒服感、满足感和受保护感。接触者和被接触者都承认，接触传播的信息常常比讲话更重要。

四、裁判员使用非语言要求

非语言沟通具有传递信息、表达情感、表示态度、增强比赛观赏性等重要作用。在篮球比赛中成功地使用非语言行为，掌握良好的沟通技巧能使比赛和谐、流畅进行。运用非语言沟通首先裁判员在比赛中要注意保持高涨的情绪、饱满的精神、丰富的感情、自若的神态，因为他们本身就是非语言行为，能对比赛、队员产生潜移默化的影响，使之形成积极的心理状态。其次，裁判员在临场中，无论移动还是哨声，无论是手势还是表情，都要按照规则和裁判法的要求来做，不得华而不实，不得添枝加叶，不得用各种各样的表情达到表现自己，把比赛当成显示自己、表现自己的场所。要做到协调融洽适度运用。否则只能引起队员、教练员、观众内心的反感，抑制运动员技术的发挥，影响比赛效果。

裁判员在比赛中的非语言行为在传递某种信息，球员、教练以及观众都在解读你的"语言"。它是你心灵的外化，无疑能体现出一个人的学识、品性、情趣、性格、素养等。同时，良好的非语言行为、沟通也是一名裁判员必须具备的基本能力之一，需经过长期培养，绝非一蹴而就之事。

裁判员必须花心思研究身体语言，裁判员也必须密切地注意到人们对自己行动的观感，裁判员必须知道比赛期间、进入器材室、他

们执行判罚时，别人对他们的观感。如果这些都是别人所在意的事时，则其所传递的信息是否有效或无效就显得十分重要了。因此，裁判员必须花费更多的时间于镜子前面或者是上课时，多多的练习。

裁判员必须会说的"体语"实例：

身体语言的影响例子：

身体语言	诠释
面部表情很大	自信
表情稳定	自信
目光（眼睛）接触	认定、强调
身体挺直	自信
呼吸急促	神经质
声音高亢	紧张
步调很快	自信
双臂向前伸展	喋喋不休意指某事
双手插腰，双手放在背后	没有信息（没有防卫）

第二节　裁判员与队员沟通技巧

"与球员坦率而真诚地交流有助于赢得尊重，还经常会增进与队员的关系，同时还能促进理解。"裁判员必须学会和善于沟通，知道怎样和球员沟通是任何裁判员必备的基本技巧。

一、沟通的水准

当裁判员制止犯规时，会同时发生很多事情。裁判员所抛出的一个信息是有人犯规了，裁判员决定引用规则，做明确的判罚。此时，由另外一队执行掷界外球，比赛继续进行。

就在此时，裁判员也传递了自己管理型态以及他对其他人看法的信息。后面的一种信息以身体语言表示。裁判员可能会对犯规的球员报以同情的眼光，然后表示自己确掌握与了解整个犯规的过程。第二个部分的沟通，发生在人际水准上面，不管自己是否愿意，裁判员都会传递两种信息：

（1）基于理论的水准（根据比赛规则）。

（2）基于人际间的水准：我怎样对待你，我们彼此应该怎样相处？

其他球员也以这两种水准互动，把沟通变得更加的复杂。

裁判员必须经常地与球队以及球员互动。如进入器材室、走路、检查装备、自我介绍等。此类沟通也发生在两种水准上面。当裁判员向各支球队的领队自我介绍时，必须提到自己的姓名——姓名就是一种信息。从人际间的水准来看，这样子做就是表示对他的尊重。你的握手方式、穿着与外表也传递着另外一种信息。球队的队长也是在收集各种信息后，向你请教判罚的正确性、严重性、友谊与经验方面的意见。

这些工作在遇到判定罚球或比分关系到成败时，变得特别重要。此时，裁判员必须在两种互动水准上面小心应对。球员可能会很在意其与裁判员之间的关系，而比较不在意裁判员所引用的条文，所发出的讯息可能是裁判员有没有同情心。

二、裁判员与队员沟通技巧

根据沟通的理论我们把人的沟通分为以下三种：自己承认、拒绝、与不予理睬。

（一）自己承认

当裁判员与球员"互动"时，他们无时无刻都在交换观点。他们让彼此之间了解他们看待自己与别人的方式。自然也发生其他的事情：看看我对待自己的方式，看看身为球员的我，对球赛所作的贡献或看看身为裁判员的我，应该受到应有的感激。如比赛中队员情绪有波动时"是吗？我会注意的"、赛后的安慰"打的还好运气不佳"等，裁判员要采用协作式的执裁方式，增强信任感。

（二）拒 绝

如果我们不接受别人对待自己的方式，即所谓的拒绝。此时沟通也一样发生在两种水准上面，裁判员可能会拒绝球员的动作，严格地遵守规则的规定，鸣笛判定某球员犯规，哨子是唯一的使比赛停止和引起大家注意的工具，因此，吹哨子的力度传达你的态度。长、短、长加短促等。同时裁判员也会以身体语言表示对某球员的拒绝与承认，裁判员必须告诉队员他们的违规将得到什么样的结果，用语言、目光、哨音及时提醒队员。队员的激情是瞬间的，不可去激怒队员，所有的提示都要让队员感到你的诚意。优秀的裁判员不惧怕任何队员，量"刑"适度"罪"有应得，这不是个人间的恩怨。对队员的错误行为裁判员以判罚的结果与他们沟通。

（三）假装看不到、不知道

当裁判员不愿意去看球员对自己的知觉或假装没有看到等现象都叫做"假装看不到、不知道"。球员被判罚球常会显出疑惑的表情，如裁判员没有反应时，球员会感到失望，其效应如同被忽视一般。

失望越大，情绪的反弹也越大。他可能就把气愤发泄在其他球员而不是裁判员的身上。在运动场上球员与裁判员常用上面的三种技术与人沟通。所采用的互动对球赛的有很大的影响。

互动时球员与裁判员经常交换信息，他们互相沟通，球员希望别人以自己的立场去对待他们：而领队、职员或爱好者只单纯的自我欣赏，而有时也和球员一样具有责任感。球员希望别人以自己的立场去对待他们，那是因为他们需要安全与被认同等方面的需求。

当某位球员有得分的机会时其对手犯规将球抢走，他因而厉声责骂对手来发泄自己的挫折感。如果此时，裁判员鸣笛且告诉该球员他了解他的不满，但仍然惩处他的不当言词时，这个时候，球员会觉得已经被事先告知，会对自己的行动感到不好意思，裁判员如此做法可以正面地确保领导的地位。

　　当裁判员对球员犯规鸣笛之后，表示拒绝该球员的行为。此时，必须熟练沟通的技巧，虽然裁判员在形式上拒绝其行为，可是仍然可以确认他与球员之间的正面关系。通常情况并没有所说的一样敏感。具有良好领导才能的裁判员，比较会体会可能发生的敏感状况并且在有这种状况发生时尽量与球员沟通。例如：裁判员与犯规队员在一起跑动，和队员小声地、私下地谈话提醒他注意自己的犯规行为，并警告他不要再犯。

　　当裁判员选择以"忽视"作为策略时，就用不到沟通了。他对球员的沟通不做反应，而以示威的方式，把焦点放在其他的事情上面。例如：把球员的抗议当成耳边风，继续比赛下去。从关系水准来看，这样子的响应方式可能让抗议的球员感到十分不悦，因为，裁判员根本就对他漠不关心或对他不表同情，不过这种策略对其他的球员或观众可能是一种非常有效的例子。从理论水准来看，裁判员在面对抗议时，就应维持比赛的进度或者人际的水准，自有其个人的道理在。

　　一个经验与技巧老到的裁判员，通常会采用理论水准的规则来拒绝或"忽视"球员。至于人际的水准则是尽量去做，尽量维持与球队培养正面的关系。这样的话不管比赛的结果怎样，比赛的气氛才会快乐、轻松。

第八章　篮球裁判员团队合作技巧

第一节　裁判员团队要义

"团队（team）"是"Together Everyone Achieves More"的首字母缩写，代表着一个颠簸不破的真理：团结才能赢得更多。

汉语之"团队"，有"口""才"的人和一群"耳"听的"人"组成的组织。

管理学家罗宾斯认为：团队就是由两个或者两个以上的，相互作用、相互依赖的个体，为了特定目标而按照一定规则结合在一起的组织。

团队合作是一种为达到既定目标所显现出来的自愿合作和协同努力的精神，它可以调动团队成员的所有资源和才智，并且会自动地驱除所有不和谐和不公正现象，同时会给予那些诚心、大公无私的奉献者适当的回报。

篮球规则中明文规定，比赛是由运动员、教练、裁判员、记录台人员和技术代表管理（规则第5条裁判员及其助理人员：裁判员包括主裁判员和副裁判员各一名，计时员、记录员、助理记录员和24秒钟计时员各一名为其助理；也可以有一名技术代表到场。技术代表在比赛中的职责主要是监督记录台人员的工作，并协助主裁判员和副裁判员，使比赛顺利进行）等组成。因而明确地告诉我们，篮球运动是一种典型的团体运动项目，裁判员之间也是一个整体，一场比赛临场裁判员的准确判罚是必不可少的，但一场精彩比赛的裁判工作离不开场上裁判团队和记录台的工作，离不开记录台与裁判员之间的团队配合与协助。

裁判员的团队是一个临时性的组合。一般大、中型篮球赛会的裁判人员，都来自不同地区、单位、民族乃至不同国籍。

　　团队合作在球场上应当是什么样？每个裁判员在团队中应当扮演什么角色？当今的许多裁判员对此了解并不十分清楚。

　　确定角色是裁判员最重要的一项工作。关键是让每个裁判员都清楚地明白自己的角色，并知道如何才能使自己的角色适应团队任务要求。同时，裁判员也必须知道队友的职责。如果队员之间都不知道彼此的特点，是无法做到彼此合作的。

　　团队合作的关键是明白自己的角色，认可自己的角色，并努力扮演好自己的角色。不管需要自己扮演什么样的角色，裁判员都应当承担起这个角色。正如威廉·莎士比亚曾写到的"扮演好自己的角色，生命才能更辉煌"。

　　裁判员同行之间的关系是互相平等的关系。虽然当时有不同的分工，但都是同一目标下的工作人员，每位成员都是管理者、执法者、宣传者和教育者，要有相互支持、补台的精神。个人坚守岗位，履行职责，互相尊重，不能产生贵贱之分和高低的位置感，才能形成合作的整体。另一方面比赛中有裁判员有临场不同分工的特点，这决定了每位裁判员有独当一面的个体性。比赛中难免产生意见分歧或是漏判现象，这就有互相信任、支持、补救的问题。若遇裁判整体中发生意见不一致时，必须服从主裁判或是裁判长的最终判定。这个决断人是出于工作需要，是临时性的工作关系。一旦改判了同行的判断，也不是不尊重他人的意见，而是临场情况需要的改判。在心理上，不能产生情感的不合，彼此间要相互信任。这样，团队才能处于和谐稳定状态，系统功能才能发挥最佳状态。如果裁判员内部在比赛时出现混乱与不和谐，与同伴之间缺乏有效而默契的配合，跑位判罚马马虎虎得过且过，缺乏责任感，就不会得到运动员、教练员和观众的尊重，甚至会造成和运动员在场内关系的尖锐对立。因此要处理好裁判员们之间的关系，裁判员就必须尊重同伴在场上的共同劳动，圆满顺利地完成裁判任务是临场裁判员

相互配合与协作的结晶。

第二节　裁判员团队中的木桶效应

任何系统结构都靠整体功能发挥作用，只要有一个因素受限制，其他的因素也难以发挥应有的作用，这就叫限制因素定律。人们把这一定律喻为木桶效应，一只木桶的容量，不是取决于构成木桶的那块最长的木板，而是取决于那块最短的木板。

木桶理论告诉我们，在裁判员团队中，始终存在着好差之分和高低之别。这"差"与"低"用"木桶理论"来解释，也就谓之为"最短的木板"，如果这"最短的木板"长期不发生变化，盛的水就会始终保持在"短"的水平上，这就势必影响团队的整体功能水平。就团队的进步来说，我们总希望能达到一种统一和谐，使木桶能盛尽可能多的水。因此，有了"短木板"，切忌不可轻易处之，要有一种全局观念、整体意识去对待，要用积极的态度，科学的方法，在尽可能短的时间里通过团队合作使其变长达到一种新的统一。

裁判员团队协作与配合的目的就是减少错、漏判；提高判罚的准确性；更好地控制比赛，保持比赛的流畅进行。裁判员团队的目标是全力以赴、果敢机智、团结协作、获得乐趣。裁判员团队要完成这个复杂、紧张的竞赛裁判任务，每位成员必须服从统一的工作安排，具有互相支持，助人为乐的崇高精神境界。当遇到他人工作上出现的疏漏时，要主动积极地去补救。一旦自己工作上出现不慎而受到他人的帮助时，应在适当场合表示谢意。做到善于团结他人，善于合作，群策群力把裁判员这个临场群体，团结成为一个具有坚强战斗力的整体，顺利完成裁判工作任务。

"一群狼的实力不在于某一只狼，而在于这个整体。"因此无论裁判员、助理裁判员及记录台人员对比赛都不能渎职。在系统达到和谐的状态时，团队会发挥出最大的团体合力。这个过程需要每一名裁判员之间必须不断进行密切的合作，从而使团队达到统一和谐的状态。比赛中出现故意犯规、严重犯规、暴力行为等，都容易引起冲突、纠纷和突发事件的发生。因此，利用集体的智慧以及默契的配合来控制比赛是裁判员必须具备的基本技能。

第三节　团队合作胜于个人才华

1977年，全国男子乙级篮球联赛在福州举行。最后一天的最后一场比赛，担任这场比赛的主裁判员是国家级，副裁判员是一级。从跳球开始，主裁判员（甲裁判）就"先声夺人"，鸣哨红队跳球违例，紧接着又吹判白队带球走违例，犯规、3秒钟违例、撞人、拉人、阻挡……全是他鸣哨宣判，什么裁判员区域分工，裁判员之间配合，裁判员之间互相尊重等都不存在了。形成"我管的区我管，共管的区我管，你管辖的区和线我也管"，一句话，全场都由他来管，好像实行的是一人裁判制。"独揽全场"，"吹什么，是什么，判什么，是什么"。使比赛的球队哭笑不得。和他配合的裁判（乙裁判），见此情况，就开始"装瞎子""装哑巴"，看到犯规、违例，甚至球从他的眼皮下出界，他也不鸣哨，都等待和让甲裁判员鸣哨。就这样结束了上半时的比赛。观摩的裁判员互相间都以微笑代替了自己要说而没有说出的话。

下半时比赛开始了，情况发生了突变，乙裁判员照甲裁判员上半时的做法，"先下手为强"，"承包"了下半时两队的比赛。甲裁判员好像是因为上半时鸣哨太多、太累的原因，不再鸣哨了，直到下半时比赛结束。

全场比赛结束后，红队教练员和队员说："你们这样吹比赛，我们没有办法打球"。白队教练员和队员说："你们是没有规则的裁判员，胡吹、乱吹，我们球队遇上你们这些裁判员真倒了霉"。

队员多年的刻苦训练成果，被裁判员几声哨就吹掉了。通过这两位裁判如此"合作"的临场和球队的反应，我们从中应得到如下的

忠告: "顺利的比赛是靠裁判员团队合作, 而不是个人的表演。"

（1）奈史密斯篮球名人堂教练员帕特·萨米特说过: "团队合作不是要劝你和你的队友抛开个人抱负, 去追求什么更重要的事情。团队合作就是要认识到, 个人抱负和球队的是一体的, 是一致的。"裁判员不管吹什么性质的比赛, 都要有正确的临场动机和态度, 都要做到对自己负责, 对球队负责。裁判员应该是一个整体, 协助与配合是裁判员义不容辞的责任, 合作精神是重要的职业道德内容。提高职业道德修养, 增强圆满完成裁判任务的荣誉感。

（2）裁判员要牢牢记住: 裁判永远是配角。一场比赛临场的好与坏, 比赛效果的好与坏, 是裁判员的责任。裁判法历来强调裁判员的分工, 但更强调的是裁判员的合作。合作能确保比赛的顺利进行; 合作能促进篮球运动的发展; 合作能加深裁判员之间的友谊和团结。

（3）每个裁判员在临场中, 都要做到自尊、自爱, 要尊重同伴, 尊重同伴等于尊重自己。深刻理解规则对主裁判员、裁判员职责与权力的含义; 对规则规定的认识和贯彻执行坚决; 排除杂念, 提高主动协助与配合的胆识。

（4）每个裁判员在临场中, 要遵守和执行裁判法。现代的裁判法特别要求裁判员互相合作与配合, 两个裁判员负责观察有球区, 另一裁判负责观察无球区。真正做到: 首先管好自己的区域, 合作管好共管区域, 不抢哨、不抢判、少重哨。

（5）每个裁判员都要做到: 互相学习, 互相谅解, 互相帮助, 共同提高。

第四节 裁判员间团队合作

一、团队合作

裁判队伍是一个大家庭, 集体荣誉需要每一个人维护, 整个团队应互帮互学，共同进步，互相交流，互相补台且言行举止要符合集体的需要。

（1）当同伴在一个队员身上连续吹了几次犯规。这时你就要主动考虑为他分担，下一次犯规是在共管区的情况下，你主动吹过去，主动去宣判。

（2）一个很明显的犯规，离同伴很近，这时他的位置和角度确实不好，没有看见，这时你要晚半拍吹过去。

（3）当同伴宣判了一起犯规，而接下来要执行罚球时，靠近的另一裁判一定要帮助记清罚球队员的号码，并主动告知执行罚球的裁判。

（4）当同伴宣判一起犯规时，教练或运动员不理解过来和你争论时，另外一名裁判员要果断地告诉他"这个宣判是对的"，并举起大拇指。

（5）当同伴做出了一起宣判，教练员或运动员做出超出规则中行为规范的举动，由另外两名裁判员去警告或判罚。

（6）球出界，看不清是谁使球出界时，裁判员不要立即打出比赛方向，应立即寻找同伴的帮助。

（7）在出现裁判员同时鸣哨的情况，裁判员首先要目光联络，然后由负责该区域的裁判或靠近比赛的裁判员宣判。继续保留限制区作为共管区的原则，当主要责任区的同伴位置不利时，次要责任区的裁判员一定要帮助同伴。

（8）3名裁判员在场上要始终保持一个合理的三角形。

（9）一般情况下不能越区吹哨，前导裁判不能吹到罚球线以上，追踪和中央不能吹到对侧限制区的边线。

二、主、副裁判员合作精神

主裁判——要起到传帮带作用，问题要考虑全面，自己在积极发挥的前提下，要鼓励同伴，不要大包大揽，增强同伴的信心，维护同伴的利益。

U1——要起到承上启下的作用，帮助主裁判完成好各项工作的同时主动帮助好U2，主动承担些责任，提醒和完善同伴忽略的问题和环节。

U2——大多是培养对象，年轻、工作履历少，还缺乏一定的临场经验，对高层次比赛环境比较陌生。在临场中以增强自信心为主，完成好自己的任务，遇到问题及时与同伴交流。某种程度上U2的压力最大，受干扰最大。

三、案例分析

【案例一】当裁判员移向记录台汇报的时候，有时候队员会在裁判员背后做出一些姿态，其他裁判员必须立即上去警告该名队员甚至于给予技术犯规。如队员把双手捧着自己的头这类姿态，将会煽动或激起观众的情绪（注：指敌对裁判员）。许多接触发生在球场的不同区域，裁判员们必须对所有的这些接触做出正确的判罚。毫无疑问，在特定的比赛情形下，主角反而是做出第一次判罚的裁判员，这名裁判员在向记录台汇报一次侵人犯规，但当前最有帮助的是其他裁判员使其他的队员相信，他们的同伴（宣判的裁判员）做出的决定是正确的。有时候，这将非常有用，如果未宣判的裁判员能够表明一致的意见，并在转移队员的注意力同时，向队员解释他的同伴（宣判的裁判员）判罚的依据。

【案例二】追踪裁判宣判一次防守犯规，这名队员非常不满这个判罚，向其他裁判寻求帮助，前导裁判需要和队员沟通，在这种情况下，忽略这名队员的诉求并不是一个好的决定。但这场比赛幸运的是，中央裁判警告了A队球队席上的教练员，如果他的队员继续无理的话，将会收到技术犯规。

裁判员如何接近那些认为自己是正确而过度反应的队员或教练员，关键是去解决争议而不是产生新的争议，要能够做出镇定自若的结论以及针对判罚而附加简单扼要的解释。关于一个出界球的判罚，一名队员对裁判员言语不敬的情形下，其他裁判员上来帮助并有效地使队员情绪平静下来，这一事件随着比赛的继续而被遗忘。

【案例三】进攻队员尝试一次3分投篮，防守队员跳起阻止了这次投篮，相邻的追踪裁判判了一个犯规，当裁判员向记录台汇报这起犯规的时候，两名防守队员队员试图接近这名裁判员，但他的同伴迅速移向他们并使队员重新平静下来。

【案例四】A队6号开始他的最后一次罚球，篮球从篮圈上弹起，A队4号和10号开始从限制区往回走向中线，B队13号跳起抓篮板球，但错失了该球，就在球从地板上弹起后，3名球员试图去争抢这个球，该球出界，裁判员的信号是表明球是碰了B队14号后出界的，这导致了B队的强烈抗议，该队13号球员甚至跑向了追踪裁判，此刻，这名裁判员需要采用合适的言语来支持他同伴的决定，在任何时刻，另外两名裁判员从来都不能让他的同伴独自一人去面对一群愤怒的队员，幸运的是，第三名裁判员加入并控制了这次状况。

【案例五】A队15号带球向限制区方向，试图尝试一次投篮，球没有进，但是他拿到了篮板球，并将球传给他的同伴，B队13号跳起试图去阻止这次传球，但是发生了轻微的接触，A队15号挥肘推了防守队员，不幸的是，裁判员漏掉了这个犯规。当两名球员卷入这起冲突的时候，A队7号尝试一次3分远投，中央裁判重复了追踪裁判的这个手势，但是他观察到刚才两位球员的这次冲突，最终，他宣判了一起双方犯规，裁判员成功地分离了双方，防止了冲突的进一步升级。裁判员的团队合作又一次帮助解决了这次冲突。

第五节　裁判员与记录台的合作

记录台工作对顺利控制比赛场面起着保证作用，裁判员要尊重记录台工作，因为记录台工作是裁判员工作不可分割的一部分，无论他们需要何种协助，临场裁判都有责任予以配合。另外，记录台工作人员要全面熟悉规则和裁判员手势，熟练掌握各种记录符号与具体操作方法。执行工作时必须有高度的责任感，做到严肃认真，

一丝不苟，及时准确。

比赛结束后裁判员正常的习惯做法是与记录台人员和技术代表握手，感谢他们的努力，因为他们也是裁判整体的一部分。在赛后总结的时候，裁判员会给记录台提出并且欢迎记录台给自己提出建设性的、友好的、私下的批评和建议，以使大家在今后有更好的表现。

一、记录台人员职责

记录台工作在技术代表的监督下，各司其责，协助裁判员确保比赛顺利进行。有关比赛的特殊规定，由技术代表负责执行。

（一）记录员

（1）遵照场上发生的实际情况，按规则规定准确记录。

①双方的得分，得分队员的号码；

②队员或教练员的每次犯规及性质和全队犯规次数；

③各队的暂停；

④每一节结束时比分的处理；

⑤第二节结束后在犯规登记的栏目内在已用过和还未用过的方格之间画一粗线，以区别上下半时。

注意：第一、三节用红色笔，第二、四节用蓝色笔（不更换复写纸）；随时核对电子屏幕的比分。

（2）在两队的全队犯规达4次时，迅速通知助理记录员。

（3）一旦裁判员手势不清而无法记录时，可立即发出询问，一旦记录出现差错或继续记录有困难时，不得私自涂改，应立即报告技术代表。经技术代表确认，主裁判员签字后方能更改。

（4）全场比赛结束的锣声响后3分钟内，迅速做好记录表的结尾总结，经裁判员签字后，交给比赛竞赛组专门人员，发给比赛的双方。

（二）助理记录员

（1）按照规则发出暂停、换人信号。

XX队请求暂停；XX队请求换人。

如遇所换人罚球，加上"罚中换人"。

（2）发信号通知裁判员暂停时间到（50秒）。

（3）裁判员向记录台报告一起队员犯规时，举起该队员犯规相应的1~6次数字牌，并启动一次全队犯规指示器（直至全队第四次犯规）；

（4）投篮和罚球得分时，迅速在球场显示屏幕上打出比分。

（5）在队员犯规达到5次时，当裁判员向记录台报告完毕后，除举起5次红色指示牌外，还要广播：XX队XX号队员5次犯规，XX队换人。

（6）当某队在一节中达到4次犯规时，在球再成活球的瞬间，启动全队犯规标志变全红色，并广播：XX队第X节全队犯规已达4次。

（7）如记录员需要及时发信号和裁判员联系。如某队已要完规定次数的暂停时，要向裁判员以手势示意（并由裁判用手势通告该队主教练）。

注意：记录员的信号不能随意中止比赛，只有在死球停表期间、裁判员示意违例手势或向记录台报告完毕起犯规后，到球再次成为活球前发出；广播言词要简炼、明了、及时。

（三）计时员

（1）按照规则要求准确开关计时钟。离比赛开始一小时开启计时钟倒计时，在每节之间均要求开启计时钟倒计时。

（2）在第四节和决胜期的最后2分钟内，凡投球中篮时要停表，在掷端线界外球球触及场内球员时开启计时钟。

（3）一旦比赛计时钟发生故障，立即报告技术代表，如技术代表未到场，则在比赛球成死球时迅速通知主裁判员，并尽量不长时间中断比赛，尽快开启备用钟。

（4）暂停时，当裁判员鸣哨并做出暂停手势时启动秒表计时，当秒表达到50秒时，发出暂停时间到的信号并宣布：暂停时间到。

注意：随时观看计时钟。

（5）负责各节间休息时间的计时。在第一节和第三节结束后1分30秒时，发出信号通知主裁判员，由主裁判员鸣哨并在端线交球开赛。在第二节结束后7分钟时，发出信号，通知球队和裁判员，还有3分钟。到达8分30秒，再次发出信号，通知球队和裁判员，还有1分30秒，主裁判员应鸣哨，球队必须结束练习回到球队席，到达9分30秒，告知主裁判员开赛（按休息10分钟计算）。

（四）24秒钟计时员

（1）按规则规定准确启动、停止、复位、操纵24秒钟装置，掷界外球时根据裁判员的手势决定是否操纵24秒钟装置复位，按规定发出24秒钟违例信号。

（2）一旦设备出现故障，迅速用秒表手计，并立即报告技术代表，如技术代表未到场，则在比赛球成死球时迅速通知主裁判员。

（3）在发出24秒钟违例信号时，观察场上某队是否控制球或球是否在篮中，以便在技术代表或主裁判员询问时提供准确情况。

注意：

① 要经常注意24秒钟显示器上的显示数，以防出现故障或误回。

② 在需连续计算24秒钟周期的死球期间，某队请求暂停，暂停后24秒钟装置从中断处继续计时。

③ 如24秒钟装置误响，如实报告技术代表并停止比赛。

（五）特殊情况的操作程序

（1）24秒钟装置响构成违例，比赛未停止。如果比赛仍不停止，24秒钟计时员立即通知技术代表并用蜂鸣器通知裁判员，或采取任何方式引起裁判员的注意。

（2）累计分记录有误。记录员发现记录表上累计分记录有误时，立即报告技术代表；等球成死球时，由助理记录员发出信号通知裁判员，确保错误立即纠正。

（3）如发现规则第58条中所发生的可纠正的失误时：必须在失

误后，比赛计时开始的第一次死球后球成活球前助理记录员发出信号来引起裁判员的注意。

（4）比赛中24秒钟装置出现故障：

①24秒钟计时员立即报告技术代表，并同时启动计时秒表；

②待比赛告一段落时，由就近的计时员发出信号通知裁判员；

③由主裁判员和技术代表商议后，确认启动备用24秒钟装置或计时秒表。

（5）比赛中比赛计时钟出现故障：

①计时员立即报告技术代表，并同时启动秒表；

②待比赛告一段落时，由计时员立即发出信号通知裁判员；

③由主裁判员和技术代表商议后，确认启动备用计时钟。

（6）比赛中，如果有一块大屏幕出现故障（另一块正常工作，但不是比赛前主裁判员指定的那一块）：

①立即报告技术代表；

②等待球成死球时，由助理记录员发出信号通知裁判员；

③由主裁判员和技术代表商议后确认正式的比赛计时钟（大屏幕）。

注：当记录台出现任何问题，必须立即报告技术代表，征得技术代表的意见来处理；主裁判员与技术代表商议时，记录台工作人员一律各守岗位，不得插话；待技术代表向某一岗位人员征求意见时，该岗位的人员须如实说明情况。

二、记录台人员团队凝聚力

凝聚力（Cohasion）一词起源于拉丁文"Cohaesus"，表示结合或粘合在一起的意思。群体凝聚力对运动群体，特别是集体性项目具有重要的意义。群体凝聚力是一种动态过程，它影响群体形成和发展，并影响群体的许多方面，包括群体成员的交往、群体一致性、群体工作效绩等。俞克纯等人认为（1988）群体凝聚力的作用：一是使群体的控制力增强；二是使群体成员的自信心与安全感

增强。

（1）记录台人员是裁判员的重要组成部分，高质量的记录台工作是顺利完成比赛任务的重要保证。记录台人员一定要熟悉业务和所用器材，赛前要检查器材，赛中要全神贯注，赛后要认真总结，妥善保管器材。

（2）记录台人员在比赛开始20分钟前，整队进入岗位，向观众示意后就座。在比赛结束后整队离岗，进出场必须精神饱满，仪表端正，统一着装，服装整洁。

（3）记录台人员在工作中不得对赛场情况、裁判员判罚评头论足、相互议论。

（4）执行任务必须做到公正、快速、准确、不准涂改。

（5）工作中必须服从技术代表的监督，并配合好裁判员的工作。一旦记录表上出现错误，必须立即报告技术代表，经技术代表确认，主裁判员签字后方能更改。

一旦记录台出现问题（如设备故障、比分显示有误、犯规次数有争议等），记录台人员必须坚守各自的岗位，由技术代表统一处理，如有询问，必须如实说明情况。

（6）记录台人员必须业务熟练，记录员和助理记录员要掌握一定程度的英语会话能力，文字书写好。

三、裁判员与记录台合作技巧

（一）裁判员到记录台报告

（1）要跑出来，缓冲二步停下来，向记录台报告，向记录员做手势时不妨慢点放下，宣告时，号码手势一定要停留，确保号码正确。完毕后，应跑回新的交换的位置。

（2）报告地点应在3分线或中轴线附近，能看得清楚的位置就可以。因为，三人制的换位是报告完毕后必须移向对侧，所以报告的位置应尽量靠近新落位的裁判员的位置，缩短跑动距离有利于比赛尽快进行。

（3）当你报告犯规和操作全队犯规标志时，在指出罚则以前，应与记录员确认是该队第四次犯规还是第五次犯规，以免造成失误。

（4）记录台与裁判的配合，记录台人员之间的相互配合，比如记录员和助理记录员之间对犯规次数的核对，对暂停次数的核对等。

例如裁判员鸣哨宣判某队的队员犯规，助理记录员叙述，红队8号犯规，并将此犯规显示到大屏幕上，记录员立即用手按住记录表中该队队员的位置，马上说出2次，用另一手举起2次的犯规次数牌，先向左右，后向前后，再向左右，每次停顿2秒左右。然后记录。如有换人或暂停则在裁判宣判完后，记录员或计时员再发出信号。

（二）换人与暂停

（1）换人与暂停应由记录台就近裁判员负责管理。到记录台前报号的裁判员，报告完毕后，就应跑向对侧，暂停和换人应由靠近记录台的裁判或新交换位置的裁判员鸣哨做出手势，进行管理。

（2）换人完毕后，应进行目光联络，当执行掷界外球的裁判员递交球时，还要看一下记录台和记录台就近裁判是否还有换人动向。

（3）暂停期间：

①3名裁判应规范落位，50秒之前不能让队员进场。

②当暂停50秒记录台鸣哨时，除执行罚球或掷界外球的裁判员外，另外两名裁判员应主动跑到球队席，催促运动员进场，第二次鸣哨"暂停时间到"时，比赛应及时开始。

③暂停时间到了，运动队还没有进场的动向时，裁判员要提醒主教练"不要延误比赛"。如果该队不能迅速进入场地，裁判员要警告教练员或登记该队一次暂停，如果没有暂停判该队一次技术犯规。

（4）队员受伤：

①受伤队员大约15秒后，即使没有接受治疗，裁判员必须鸣哨做出换人手势，并通过记录台换人。

②裁判员确认一下受伤情况就可以，不必照顾有加围着伤员看。

③即使有重伤情况出现，一名裁判员指挥医生和队员将伤员抬离现场，无论如何，靠近记录台的一名裁判员要及时管理换人，使比赛尽快开始。

（三）案例分析

【案例一】2006年12月31日，北京金隅主场迎战辽宁，终场前7.4秒，计时钟显示为74秒。记录台工作人员没发现问题，临场裁判员和技术代表也均未发现此情况。比赛用时已尽，裁判却未鸣哨。北京队首先发现计时器显示错误，教练和运动员冲向记录台，现场局面混乱，技术代表不得不宣布比赛结束。

【案例二】一个好的记录台工作，可以使裁判工作愈加完美，甚至可以帮助裁判的宣判，使其免于陷入难堪的境地。相反，一个糟糕的记录台会给裁判员带来麻烦，甚至是无法解决的麻烦。如第八届全运会预赛，河南队在上半时已经请求了两次暂停，在比赛快结束时，该队的助理教练向记录台请求暂停，当时记录台马上发出信号，双方球队也中止了比赛，回到球队席附近。而此时记录员在登记时发现河南队已经没有了暂停，就向值班的裁判长和裁判员报告，规则中对于这种情况没有明确的说法，经过在场的裁判长和临场裁判商量，最终以延误比赛为由河南队被判罚教练员技术犯规，不光失去了球权，还被对方两罚一掷，从领先4分最终输掉了关系到能否出线的一场比赛。

记录台存在的问题：一是当某队已经用完了该节或该半时的暂停时，记录员是否报告了裁判员并通知了该队的主教练；二是当某队要叫暂停时，助理记录员的信号发出前，头脑中是否清楚该队还有暂停。

【案例三】1972年慕尼黑奥运会男篮冠亚军决赛，由于记录台工作当中计时员的问题，最终美国失掉了冠军。当距离比赛就要结束时，美国队获得了两次罚球。此时时间应该还有3秒，比分48：49，前苏联队领先。美国队员两罚两中，以50：49反超，苏联快速掷球入场，投篮未中，然而裁判员说记录台工作受干扰有失误还有1秒，苏联队重新发球；苏联队说不对还有3秒；最终苏联队用争取来的两秒钟，由别洛夫接长传球投中，51：50。虽然美国队立即申诉，但国际篮联驳回了美国队的申诉，将金牌发给了前苏联队。从1936年男子篮球进入奥运会，至1972年美国队从未失去过冠军，至今美国队也未领取1972年的银牌。

记录台的差错和失误是白纸黑字，是在大庭广众、众目睽睽之下，到底是主观原因还是客观原因很难解释和说明清楚，记录台的差错和失误会给裁判工作甚至是竞赛组织工作造成无法挽回的损失和影响。

如果比赛因为记录台工作失误给裁判工作造成困难，势必会造成临场裁判员工作的不集中，或者在处理记录台的失误中引起某一方球队的不满、抱怨甚至是不合作。规则指出，一场精彩的比赛，需要比赛双方的成员和裁判员进行真诚和完美的合作，如果是因为记录台工作的失误，造成球队有意见，不断唠唠叨叨、喋喋不休地抱怨，比赛一定不顺利、不圆满。

第六节　裁判员团队合作技巧

裁判员间合作要达到默契。裁判员要相互信任，做到既有分工又有合作。裁判员团队合作技巧要做到：分工合作、责任到位；位置明确，便于观察和配合；精力集中、扩大视野；勤于沟通、善于理解、增强预感。

一、分工合作、责任到位

（一）区域分工原则

裁判员要在自己的位置上根据球的情况，责任区的情况，保持不断的移动，寻找最佳的观察角度。

（1）当球在自己区域，主要负责就近和共管区，要观察有球攻防的全过程，重点看防守，重视球向你的方向发展的宣判，两名裁判负责有球时配合要默契，分工不分家。

（2）当球移动到同伴区域时，视野能收得回来，了解球的情况，不是盯着球；比赛中无球区的非法掩护和非法用手情况较多，如漏判较多，容易造成火药味。

（3）球在无球区注意两点，一是要习惯对无球区观察，注意无球攻防；二是时刻注意同伴区的球到自己区可能发生的攻防情况，要提高预见性。

（二）始终保持2人负责有球，1人负责无球的原则

（1）半场区域分工，2人负责有球时，还要注意2人之间有一个共管区，形成一个默契。在共管区内，由于观察的角度和人员易重叠，应加强配合，宣判应主动，主张2人同时鸣哨，防止大犯规漏判（不主张3人同时鸣哨）。3名裁判员在场上要始终保持一个合理的三角形。

（2）全场区域分工，同样也要执行这一原则。全场分成前、中、后3块场地。即球在后场地，前导快下，中央与追踪二人负责有球。球在中场地或前场地时，前导与中央负责有球，追踪负责后场地的无球区。2人负责有球，2人之间就是共管区，要形成默契。

（三）坚决执行就近宣判和重大漏判补哨的原则

（1）严防远哨，执行就近宣判。一般情况下不能越区吹哨，前导裁判不能吹到罚球线以上，追踪和中央不能吹到对侧限制区的边线。当观察的位置不好时，不能猜测判罚。

造成吹远哨原因是：区域分工概念差，观察的视野不自觉跟球转移，对同伴不信任、不放心。

注意：

① 限制区作为共管区，当主要责任区的同伴位置不利时，次要责任区的裁判员一定要帮助同伴；

② 主裁判是领头羊，要带领同伴明确分工，管好本区，大胆宣判，敢于负责的工作态度；

③ 发挥团队精神，完成任务要靠三人整体执法，要发挥三人的整体执法水平。

（2）重大漏判补哨是必要的，并且要及时，要有敢于负责任的精神。当严重违犯规则，发生肇事苗头，影响赛风赛纪时，哨子必须补上去，必要时边补哨边冲上去。

二、位置明确，便于观察和配合

轮转是为了重新调整三角形位置，为了更好地选位，到你要去的地方，看你要看的东西，有利于宣判准确性，目前在轮转中存在问题有：

（1）应该轮转时，不轮转。思想上没有轮转意识，行动上非常懒，球在弱侧出现较长时间的攻势，前导裁判也不轮转。

（2）正常发动轮转时，中央和追踪裁判的目光接触意识差，经常出现中央或追踪不能及时调整或根本不调整位置。轮转是一个整体移动的概念，必要时手势可提示，避免形成倒三角形或不正常三角形位置。

（3）要把握发动轮转时机。

①以下两种情况必须发动轮转：

a、当球在弱侧罚球线延长部分或以下，并形成进攻态势时；

b、当球在弱侧罚球线以上，而罚球线以下已集中主攻形成进攻态势时。

②以下几种情况不能发动轮转：

a、当球在弱侧快速投篮时或直接运球上篮时；

b、当所有队员没进入半场之前时；

c、当抢篮板球时和获得进攻篮板后还没形成弱侧的进攻态势时；

d、当临近24秒和比赛结束时。

（4）提高3名裁判员的轮转默契。

①如果球在弱侧罚球线以上时，中央裁判可在原位置移动观察，寻找空隙；

②如果球在弱侧罚球线以下或罚球线延长部分，中央裁判可根据攻守情况，一边观察球，一边向上移动，暗示前导可以发动轮转，向上移动是一个暗示信号，追踪也要注意，3名裁判员都要有感觉，要有默契。

三、精力集中、扩大视野

为鼓励对抗，要掌握有利无利的吹法，给我们在观察上和宣判的艺术上提出了更高的要求。应尽快提高观察基本功，掌握宣判"火候"，使执法水平上一个新台阶。

（一）要观察合理对抗的全过程

不仅要重点看防守，同时，还要预见进攻的不合理动作的出现。一般情况下，防守犯规居多。因对攻、防同等对待，又鼓励对抗，所以进攻队员用肘顶，用手钩，用手臂推的现象就增多了。因此，观察的视野要宽一点，并观察攻与防对抗的全过程。不能只看结果，不看全过程。

（二）提高"点"与"面"结合的观察能力

视野的"点"与"面"转换一定更要快，既要看到局部的攻防情况，还要利用余光了解全局的技战术运用情况。

（三）提高"近"与"远"结合的观察能力

特别是发生快攻时，在看到近处的攻防的同时，也应了解到已快下的队员情况，这样有利于做出正确的判断。

（四）提高"立体观察"能力

（1）前导裁判应负责篮下投篮队员（包括突破投篮），当球投篮出手后，应重点观察队员肩以下的情况，而不是空中情况，篮下是观察重点。前导裁判不自觉看球飞行情况较多，经常漏判抢篮板球之前的犯规。

（2）中央裁判和追踪裁判应预见干扰球的发生，注意外围队员的篮板球和再强攻的违犯情况，以及球碰篮板上方和后方的界外物体的出界球情况，注意立体观察。

四、勤于沟通、善于理解、增强预感

（一）尺度一致的配合

三人制最忌讳的是3人尺度不一致。3名裁判应尽力为3人的尺度一致去认真执哨，要达到尺度一致，应注意以下几方面的一致：

（1）对鼓励身体强对抗的概念理解应一致。

①非法用手不是合理对抗，处理好非法用手，有利于比赛干净、流畅；

②非篮球技术的非法接触，不是合理对抗，必须宣判，裁判要有一种"感觉"；

③危险、伤人、粗野动作不是合理对抗，应坚决判违体犯规，决不姑息；

④ 每一次宣判必须符合规则有关违犯的依据，要克服不负责任的宣判。

（2）对罚则应一致。对投篮时的宣判，罚还是不罚，算还是不算，3名裁判的罚则应一致。

（3）心态要一致。3人的心态不一，就影响尺度的一致性，要摆正位置，要以平常心态去执法，要克服以我为主，不讲配合，互相不服，各吹各的情况发生。

（4）开局的尺度应一致。一开局，裁判员提倡什么、反对什么、宣判什么对比赛有利，执法尺度非常清楚。执法尺度是裁判员根据比赛情况和双方运动员合法与非法接触的临界点的宽容程度来确定的。是队员适应裁判员的尺度，而不是裁判员去适应运动员。

（5）配合默契，才能尺度一致。3名裁判员要一条心，不能你吹你的，我判我的，不动脑筋，不配合。

①当你的同伴响了一声哨时，你应当对这声哨的宣判有一个正确的评估：正确、勉强、没违犯依据；还是错、反判。切忌在同伴的错反判后面，短时间内再来一次错反判，特别是发生在同一队员身上。切忌在同伴一个正确的违犯宣判后面，漏判一个同样动作的违犯情况，特别注意是发生在主队身上。切忌队员第五次犯规的错判。

②当自己或同伴一声错哨后，应暗暗告诫自己要更稳定、更准确，而不是给对方队员来一个平衡哨。

（6）尺度平衡，保证尺度一致。尺度平稳一致，体现公平、公正。

①不能迁就大牌队员、强队、主队和名教练，而影响执法尺度；

②不能因为球队恐吓战术、反复作秀而感到有压力，从而影响临场宣判尺度；

③越是在最后临近比赛结束，比分十分接近的情况下，越要提醒自己"稳定、准确、果断"，开局尺度要保持到结束，避免一哨不慎，全功尽弃。

（二）每节或决胜期比赛时间结束的配合

这一瞬间经常会出现压哨球和犯规的情况出现，由于杂声或信号不响，将会给裁判员带来麻烦，此刻尤其要注意分工配合。

（1）追踪裁判和中央裁判要特别注意时间显示器和结束信号。当掷前场界外球时，追踪裁判或中央裁判一定要用手势提示前导裁判24秒的剩余时间。每节快结束时，一般是在关断24秒之后，追踪裁判和中央裁判一定要用手指向上方的方式提醒前导裁判时间快到了。

（2）得分算与不算，由追踪裁判和中央裁判主要负责，宣判要果断，手势要清楚，要敢于负责任，不能有半点犹豫，即使前导裁判是主裁判，也要接受和支持这一宣判。

（3）实在看不清的情况下，3位裁判员应先商量，不要直接找技术代表。如需进一步磋商，主裁判员可以向技术代表和记录台有关人员求证意见。处理这种情况，时间不能过长，根据规则和实际情况，最后由主裁判员做出最终的宣判。

（三）宣判犯规后3名裁判员的分工配合

要明确当一名裁判员宣判时，不换位的裁判员要监控，另一名裁判员边拿球边监控，密切注意队员情绪和场上情况。

（四）同时鸣哨的配合

（1）同时对投篮犯规鸣哨，如果没看清是否中篮时，要目光联络，可用手势暗示和口语提醒，确认得分算与不算。

（2）同时宣判不一致时，目光联络非常重要，马上想一下当时的动作，如违犯分先后应宣判先发生的违规，宜用口语配合。如违规同时，应判罚重的。如发生不同的犯规，应分别登记和处理。

（五）同时宣判后，到记录台宣告的配合

（1）发生在两位裁判员之间的犯规由前导裁判宣告。发生在追踪裁判和中央裁判之间，由靠近记录台的裁判员宣告，便于交换位置，尽快投入比赛。

（2）球向哪个裁判员的方向发展的犯规，就由该裁判员宣告。

（3）就近发生的犯规，由就近裁判员宣告。

（六）出界球宣判的配合

（1）当球出界，同伴看不清在寻求帮助时，相关裁判员应主动给予手势予以帮助，不要扭头不理睬。如同样没看清也要以手势表明。例如：非负责区域内队员触及球，而后在本区球出界；双方队员多次争抢篮板球后球出界等。

（2）当宣判了出界球，遇有疑问时，要采用目光联络，或由看清楚出界的配合裁判主动过去和宣判裁判商量，待确认后，由负责此界外球的裁判重新打出方向手势。

（3）掷球入界时，其他位置的裁判要主动进行目光联络，不要背对球，应使球尽快投入比赛。

（七）裁判员三角形落位的配合

（1）3名裁判员要不断建立目光联络非常重要，要了解球的位置、同伴的位置、自己的位置。不断的目光联络，不少裁判做得较差，忽视两位同伴的位置。

（2）落位要及时、落点要准确、移动要积极，并养成习惯。不要随随便便不规范的落位，要始终保持合理的三角形落位。

① 半场时：

a、中央裁判和追踪裁判一定要保持位置落差，要经常用余光及时了解前导裁判的位置，中央裁判一定要大胆压到罚球线延长线一带，进行必要的位置调整。克服只看球，不了解伙伴位置的不良习惯，尤其要防止两位裁判员都上移到中线附近的现象发生。

b、在自己的半场工作区域内移动，范围不必很大，但移动、选位、观察必须要有"精、气、神"，特别是在寻找空隙的一瞬间移动。一定要克服原地不动，观察不机灵的现象。追踪和中央要重视插入移动，克服投篮一出手就往后退的现象。

②全场时（球在后场、中场）：

　　a、在全场的移动中，应严格落位，边移动、边观察，始终调整有利于比赛的全场三个最佳的三角形落位；

　　b、当攻守转换的速度很快时，前导裁判必须快速下底，才能与中央裁判保持落差。

第九章　篮球裁判员控制与管理比赛技巧

　　一场激烈的比赛，能否顺利地进行和圆满地结束，关键在于临场裁判员运用规则对比赛进行强有力的控制和管理。裁判员除了保证比赛顺利，维护公平公正的竞赛环境之外，裁判员还担负着引导与提高运动队技术水平、影响篮球运动发展方向和水平的重要作用。因此，裁判员必须忠于比赛，实事求是，客观公正。同时，工作中要加强责任心，关键时刻要敢于负责任，敢于管理。

第一节　卓有成效裁判员应具有的特质

　　裁判员要想控制管理好比赛必须具有卓有成效的特质。"卓越是不断地追求更好的渐进结果"——帕特·莱利（Pat Riley）NBA冠军队教练员。

　　篮球裁判员是指在篮球竞赛过程中，依据篮球竞赛规程和篮球规则，对参赛双方运动员（队）在竞技活动中表现出来的行为和动作，做出正确的判断及处理并最终评定胜负的"法官"。篮球比赛，是在篮球规则约束下进行的，而篮球规则是抽象的条文规定，只有通过裁判员的创造性实践，才可能发挥它应有的功能和作用。因此，没有篮球裁判员的参加，就没有正式的篮球比赛；没有高水平的篮球裁判员，也就谈不上篮球运动的高度发展。前苏联著名篮球教练员戈麦斯基说："运动员、教练员、裁判员是组成篮球三角形的三条边，而且是相等的，如果一条有变化，这个三角就变了"。他形象地指出了篮球裁判员的重要性及其裁判员应具备的素质。具有良好素质的裁判员通过自身临场能力，能使运动员高超球技和战术组合得以充分发挥，又能透彻地反映篮球运动的规则和灵魂。裁判员的观念、尺度和技巧是随着篮球运动的发展和规则的修改而变化着的，裁判员的素质也必须随着这种变化而改变，这样才能为篮球运动提供更好的服务。

为了适应篮球运动发展的需要，使篮球运动向更高、更快、更准、更健康的方向发展，必须加强裁判员素质的教育和培养，以利于篮球裁判事业沿着正确的轨道向前发展，因此，要做一名卓有成效的裁判员应具有以下几个方面的特质。

一、廉洁奉公、值得信任

廉洁奉公是裁判员应具备的一种美德，裁判员讲诚信、严格执法是廉洁奉公的具体表现；诚信是裁判员职业中所有事情的基础，也是做人、当裁判员和融入社会的基础，它可以帮裁判员建立与球员、教练员之间的信任。

裁判员诚信的基础是职业道德。职业道德是指裁判员在执行临场任务时所遵循的规范和准则。体育法中规定：体育竞赛实行公平竞争的原则。体育竞赛的组织者和运动员、教练员、裁判员应当遵守体育道德，不得弄虚作假、营私舞弊。这条规定对裁判员遵守职业道德提出了基本要求。裁判员必须把职业道德作为自己应具备的首要素质，具备了高尚的职业道德，在比赛中才能做到以事实为根据，以规则为准绳，从而正确地划清合法与违法、是与非、轻与重的界线，做出客观、正确的判罚。

篮球运动，是我国人民最喜爱的体育运动项目之一。篮球裁判员，绝大多数都对篮球运动有浓厚的兴趣。兴趣，可以使他们更加积极地愉快地从事裁判活动，但仅有兴趣还不够，还要对裁判工作的意义有正确的认识，并由此建立坚定的事业心，产生巨大的工作热情。

篮球裁判员，在我国是业余的，是靠自觉性来坚持学习和工作的，如果说立志要做高水平的篮球裁判员，投入和付出的就会更多，基本上是靠个人的奉献精神来支持。另外，裁判员是在纠纷与利益交织在一起的斗争中充当公证人，而且要廉正公平，禁暴止过，这不是一件轻而易举的事情，会受到来自各方面的干扰和压力。只有裁判员认识到，裁判工作作为一项事业，它关系到篮球运动的存在与发展，关系到篮球技术、战术水平的提高，关系到运动员优良的体育道德作风的养成，关系到亿万人民的身体健康，关系到国家的声望和荣誉，他们才会更加热爱和忠诚裁判工作，并执著地专心致志地从事其业。正是他们思想端正，敬业爱岗，才能从奉献中感到欣慰，从宣判的公正准确中得到满足，从不断的提高中受到鼓舞，也就是从工作本身就得到了奖赏。

二、知识渊博，称职能干

教练员应当是比赛的学生，学习一切学习的、有利于做好自己工作的东西。这包括了解学习的篮球知识、积极思考的力量以及在裁判技术、技巧等方面成为行家的重要性。成功的裁判员恰恰能够带来积极的效果。

裁判员只有具备渊博的专业知识才能按照规则的精神，根据队员或教练员违反规则的具体情节，正确、合理、及时、巧妙地使用警告并进行全面判罚与正确的处理，才能制止队或教练员不道德的体育作风发生和避免队员的犯规，才能教育队员和教练员，这是管理比赛和控制比赛的有力措施。

（一）精通规则、裁判法

规则，是裁判员执行工作的依据。裁判法，是国际篮联为全世界篮球裁判员准备的现代裁判方法和执裁技巧，裁判法目的在于帮助裁判员获得最佳的位置，以便对违反规则的动作和行为做出正确的宣判。熟练地掌握规则和裁判法是指作为优秀的裁判员必须深刻理解和全面掌握规则和裁判法，这是裁判员进行判罚的理论基础，只有深刻的理解和全面的掌握，才可能在临场时做出正确的判罚。篮球规则是在进行比赛过程中，双方所必须遵守的准则，只有精通规则的条款和精神，方可能知道什么动作是合理的，什么是不合理的。裁判法是裁判员在比赛过程中，以规则为依据，对场内外发生的一切行为做出正确判断的方法，两者是统一的，必须在掌握规则的前提下来掌握裁判法。

裁判员是受托在规则的框架和裁判法的指导原则下对比赛进行监察的，为提高裁判水平，裁判员必须把规则和裁判法这两门基本课程学深学透。许多事实表明，裁判员的错判、漏判、反判究其原因，多是由于对规则理解不深，对裁判方法运用不当造成的。学习规则，不能停留在简单的背记上，也不能满足于对规则的一知半解。强调精通，就是要专心钻研，着重领会规则的精神实质，并把握住条文之间的联系，还要与规则解释及各种判例相结合，达到对整个规则的融会贯通。

《裁判员手册》是全世界篮球裁判员的智慧结晶和经验总结，也是国际篮联为使篮球运动达到统一和规范所采取的举措，所有高水平的篮球裁判员必须精读它，并且在执裁中认真地加以贯彻和使用。

（二）通晓技术、战术知识与方法

裁判员临场执裁，应以事实为依据，以规则为准绳，正确地评判运动员在比赛中表现出来的动作和行为。从规则的角度来说，技术是合乎规则要求的正确动作，战术是合乎规则要求的正确配合（如掩护战术）。裁判员为了正确地鉴别技术、战术动作的是与非，必须拥有篮球技术、战术方面的知识。裁判员懂得技术，才能分析某些动作是否合理和必要，才能找出违犯的主因，不会被表象和假象所迷惑。裁判员懂得战术，才能够及时地把握住宣判重点。很难设想一名优秀裁判员，如不懂篮球技战术，而能准确判断各种违例和犯规动作。裁判员对篮球技战术认识越深刻，他的预见能力就越强，反应越快，判断越及时准确。裁判员要了解篮球运动的特

点，熟悉掌握技术要领、战术打法，才能有效地掌握其运动规律，对运动员瞬间完成的复杂的技、战术动作做出瞬时直觉的识别，做出正确的判断。除熟悉篮球技术、战术外，裁判员还要熟悉比赛双方，乃至每个队员的特长和风格。篮球比赛中有那么多人，场地又大，而且视线常被遮挡，只有具备预见性，才能提前到位，抓住主要矛盾和矛盾的主要方面。

（三）掌握比赛的一般规律和特点

规律是客观的，是事物本身所固有的。篮球比赛，作为一种社会现象，也有自己的发展规律，认识和掌握比赛的一般规律和特点，对于做好裁判工作和提高裁判水平是必不可少的。通常，篮球比赛有开场、相持、高潮、结尾这几个阶段，各阶段都有其不同特点，也就是说对裁判工作有不同的要求。如比赛开始阶段，要求裁判员的尺度掌握得恰到好处。过松，场面会乱，队员难以正常地发挥技术和打出水平；过严，会束缚队员的积极性，限制猛打猛冲、顽强拼搏的作风和打法。双方相持阶段，裁判员的精神要高度集中，力争不出现错判。一个错判，就有可能使有利的形势转眼间就转到另一边，从此出现另一种比赛局面。双方争夺进入高潮阶段，裁判员更要勤跑动，抢角度，宣判和手势都要与比赛的节奏保持同步。结尾阶段比赛最紧张，裁判员也最感疲劳，这时裁判员尤其要振奋精神，全神贯注，坚持把裁判工作准确无误地进行到底。千万不要粗心大意，怠慢处理，导致功亏一篑。

（四）扎实的专业基本功

基本功是指篮球裁判员在临场比赛中专门运用的基本技术，它包括手势、眼、哨声、基本步法、默计秒数和抛球等。手势要做到"及时、准确、清晰、大方、有节奏"；眼看要做到"点"与"面"兼顾，要看得全面、清楚；哨要吹得准、快、响，能表现出裁判员的果断性，必要时可配合口语同时应用，要熟练地掌握跑动的基本步法，即快走、慢跑、快速奔跑、侧身跑、滑步、撤步、交叉步、后退步等。在不同的区域采用不同的移动方法：对于规则规定的3、5、8秒违例，要经常对照电子手表默数，不要1、2、3这样的数违例时间，而是要一加一、二加二、三加三，这是正确的速度；抛球一定要垂直，并要达到规则要求的高度，只有反复的练习才能做到抛的垂直，高度适中。

（五）广阔的视野范围

视野是人向前平视时所能感觉到（见到）的空间。裁判员的视野范围是指在篮球比赛中，两眼平视所能观察到空间的大小，据有关资料表明，外部信息有90%是经过眼传递给大脑的，裁判员主要以视觉传递信息。视野范围的大小直接影响临场裁判员的观察面和观察效果，观察整个区域、空间，队员的动作是否符合篮球规则要求，从而做出正确的宣判，这就充分显示了裁判员宽广的视野范围的重要性。

（六）恰当的判罚角度

是指裁判员在临场进行判罚时，所选择的可视角（包括判罚时角度的大小和距离的远近），可视角指的是攻防队员违犯动作技术的光径点刺激视网膜形成物象的夹角。如果观察距离太近，判罚角度大，就形成注意了点，忽视了面，看不到比赛的全局。如观察距离太远，判罚角度小，但对瞬间而逝违犯规则的动作易于漏掉，所以，裁判员与观察区的距离过近或过远都不合适。根据双眼视觉功能和竞赛特点对裁判员的视野和视敏度的要求，裁判员距观察区的距离一般在3.5~5米内为最佳。

（七）具有较高的外语水平

在所有的国际比赛中，如有必要用口语使宣判清楚，则必须使用英语处理。英语被国际篮联规定为国际比赛中的官方语言，因此，国家级裁判员，特别是国际级裁判员应将英语作为必修课目。在国内，随着男篮甲级联赛竞争日趋势激烈，各队聘请外籍球员已成为司空见惯的事，这就给临场裁判员的执法管理带来了许多新问

题，不能及时制止和处理外籍球员的不良行为，英语是唯一能在赛场上与外籍球员交流、勾通的工具，是控制比赛场面，维护规则和裁判法的权威性、公正性、合法性最有效的保证。中国的篮球运动与世界接轨，走出去，请进来，已是大势所趋，作为裁判员要顺应这个趋势，努力学好英语，提高业务素质。

三、展示勇气，意志坚强

成功的裁判员勇于决断。马丁·路德·金曾经说："衡量一个人的关键不在于安逸舒适情形下他的表现，而在于面对挑战和争议时他的作为。"多少年来，许多裁判员展示出了他们的勇气和坚强意志，他们不畏后果坚守着自己认为正确的东西。他们通过坚定的抉择，坚守着自己的信念和信仰。

（一）自信、自强

强大的自信心是指裁判员在比赛中所具有的积极、稳定的心理状态。裁判员作为篮球比赛的"法官"，必须自信。换言之，自信就是自己相信自己，它是裁判员临场判罚的精神支柱，有信则不见疑。有了自信心，才能增加临场时的乐观情绪和勇气，消除和防止临场产生的自卑心理，提高临场处理的果断性和坚决性能力。如果裁判员缺乏自信心，在宣判上表现得犹豫不决，或者虽做出了宣判却又表现得不够理直气壮，这样，运动员执行宣判的行为将受到影响，也会对裁判员的宣判产生猜疑，比赛将会变得难以控制。所以裁判员必须具有自信、自强的意志品质。

（二）稳定的情绪状态

情绪是人对客观世界的一种特殊反映形式，是人对客观事物符合自己需要的态度的体现，是个体在满足需求活动中，对满足程度的主观体验和行为流露的反映。通常把情绪分为"增力"和"减力"两大类。凡是能提高人们的判断能力，增加工作能力的情绪叫"增力情绪"，也可称为愉快的情绪或叫稳定的情绪状态，它包括愉快、快乐、勇敢、好感、和悦等。凡是造成人们判断力下降，工作能力减弱的情绪，则称为"减力情绪"，也称不愉快情绪或不稳定的情绪状态，它包括愤怒、焦急、害怕、不满等。裁判员在临场中只有获得稳定的情绪状态，才能做到头脑清醒、沉着稳重、思维活跃、注意力集中、反应迅速、鸣哨及时、宣判合理，处理问题果断、准确，能使比赛双方运动员的技术、战术得到充分的发挥。

（三）思维敏捷

思维敏捷是指裁判员迅速地把感觉和感知到的现象，经过去粗取精、去伪存真、由此及彼、由表及里的加工，从而得出正确的认识和做出正确的判断。裁判员在比赛中会遇到各式各样的问题，有些问题是单凭感觉和知觉解决不了的，只有依靠思维来解决。在比赛在中不允许裁判员有足够的时间进行思考，必须当着观众的面做即时的解决，而且越快越好。因此，思维敏捷是裁判员的重要的素质。

（四）果断

果断，对裁判员来说，就是在看清情况的时候，当机立断，决不犹豫。裁判工作的特点是瞬间反应，如果优柔寡断，就会错过时机，形成"漏判"。如果草率妄断，又会时机不成熟，形成"错判"。只有善于观察，判别是非，选择时机，又能当机立断的裁判，才称得上是高水平的裁判员。

（五）沉着、镇静、具有良好的抗外界干扰能力

在比赛中，裁判员遇到异常事件或出乎意料的事件时，不慌张、不急噪、不失态，而是有修养、有克制、有举措。裁判员面对的是众多的激情高涨的观众、教练员、运动员和错综复杂、难以理清的纠纷。如果裁判员缺乏沉着应付、冷静对待的意志品质，在处理比赛中的问题时就会顾此失彼。裁判员只有遇变不惊，举止有度，处置得当，才能防止矛盾复杂化和激化，也才能赢得所有参赛者的敬重和好评。

教练员在比赛中大肆张狂的表演和喋喋不休的抱怨，威胁你，让你难堪或运动员不冷静的动作、言行，这些行为是不能原谅的，勇敢地按规则判罚，在比赛场上要树立"我说了算"的信念。观众往往带有较强的倾向性，比如观众起哄等。裁判员应该理智去处理，裁判员对观众的喊叫应采取置之不理的态度，不能让观众左右自己的判断力。

（六）丰富的临场经验

俗话说"艺高人胆大，胆大艺更高。"篮球运动是一项动态的、发展的、对抗的、控制的、综合的程序工程。作为篮球运动重要组成部分的裁判员，他的能力结构应该反映篮球运动规律，并体现篮球运动价值。因此，篮球裁判员的临场能力应该是在职业道德约束下的身体条件、心理状态、基本技能和执裁技艺的总和。所以，裁判员必须具备能够处理各种复杂场面的能力，有丰富的临场经验，这样，宣判时才会勇敢、果断、老练。

丰富的临场经验是指裁判员在多次临场比赛中所获得表象和感知经验的积累。具有丰富的临场经验，才能对气氛紧张、有火药味的场面和比赛关键时刻进行控制，在比赛中发现问题，可用"降温处理"的方法，用语言对有关运动员进行劝告、疏导，把事态解决在萌芽之中，在必要的时候，可以对队员提出警告，甚至停止比赛，请双方教练员来协助做工作，在处理问题能选择"多蔽相衡取其轻"，不但要考虑到场上的情况，还应考虑到场外事态的发展，一切要从大局着想，分别对待，具体处理。

篮球裁判员的心理训练主要包括注意品质、意志品质、自制力品质三方面内容。具体要求为：注意的范围大、稳定性强、分配合理、转移及时；沉着、冷静、大胆、果断；高度理智、适度紧张。在日常生活中，应注重个人修养，保持良好的心态，增加自信心；在针对性训练中，抓住与篮球裁判员密切相关的心理品质经常模拟临场气氛，不断适应、改进和提高。这样才能在主客场赛制日趋普及的今天，面对带有明显倾向性的主场球迷，面对一个正确判罚都可能招致一片嘘声甚至辱骂的情形下，保持一个篮球裁判员最适宜的心理状态。

四、充满激情，善于沟通与交流

最善于沟通的裁判员往往是最有可能的成功者。沟通与交流的能力是裁判员可以拥有的最重要的一项技能，体现在听、说、读、写等各个方面。任何时候都不要低估沟通与交流的力量。你也许拥有丰富的篮球技术知识，但如果你不能和球员、教练员进行有效地沟通与交流，那你对篮球比赛的理解只能产生有限的价值。

交流心理学的传统理论表明，交流过程包括4个基本元素：信息源（source）、信息（message）、渠道（channel）和接收者（receiver）。信息源是指发起交流活动的人，在这一情况下指裁判员本身。裁判员的工作的成效取决于运动员是否依赖他的判罚。信息是指所表达的含义，其中包括耸肩、面部表情、声音的影响以及真诚语气的使用。渠道指的是交流使用的方法，要么是口头、要么是非口头形式的。接收者很明显是指信息传达的目标，有些因素如智力、动机以及人格等都影响接收信息的多少和所接收的内容。

裁判员沟通能力，首先表现为语言表达能力，语言是能够直接完成"沟通"的基本条件，准确、合理、恰当地表达自己的意见和态度，有利于完成自己的执法工作。具备较强的外语水平是完成"沟通"的重要工具，它会直接影响到裁判员的执法工作和社会形象。其次，沟通能力表现在裁判员的交际能力和组织能力上，善于控制和调节自己的情绪和感情，取得他人的信任，在协调各方面因素的基础上，灵活、恰当地处理各种关系，做到保证完成任务。

五、认识自我，提升自我

《美国部队领导力原则》的第一个原则是："认识自我，提升自我。"这一原则应当成为所有裁判员的指导原则。成功的裁判员常常会花时间去研究自我，他们能够找出自身的优势和劣势并不断

提升自我。他们按照自身的能力做好裁判工作。

裁判员在临场实践中会接触到许多问题，包括成功的经验和失败的教训，通过分析研究，加强对规则的理解，掌握规则与技、战术之间的关系，促进实际裁判能力的提高，积累丰富的经验，形成自己的风格和实际才干。

由于人们对客观事物的认识要经历一个螺旋式上升过程，而裁判员提高裁判水平也不是一次性完成的。它也必须经过千锤百炼，边学习，边实践，边观摩，边总结。这是提高裁判水平的必由之路。

六、团结、合作

篮球运动是一种典型的团体运动项目，裁判员之间也是一个整体，裁判员在"狭小"的场地上，面临着人数多、速度快、对抗激烈的情况下，单靠一个人的力量很难完成一场比赛的执法工作，只有依靠团结的力量，做到相互配合、团结一致，才能够确保比赛顺利、圆满地完成。

第二节　裁判员控制比赛

毫无疑问，裁判员在控制运动员、球迷和教练可能出现的问题方面起着非常重要的作用。作为裁判员，要培养和锻炼善于控制赛场局面的能力。

一、开局尺度和标准的建立，是控制激烈比赛的前奏

不良的比赛气氛往往是由于尺度和标准的建立不一所造成的。因此，从比赛开始就要求运动员按照标准尺度进行比赛。要求越严格，管理得越得当，运动员遵守规则就越自觉，比赛的气氛就越好，对控制后期的比赛就越有利。临场裁判员必须在短时间内，全面了解两队的攻、防战术和特点，适应比赛，尽快确定好开局的判

罚尺度。建立执法标准是非常重要的，它直接关系着全场的判罚尺度。开局的判罚尺度，如唱歌前的定音定调一样，定不好音调，就唱不好歌，定不好判罚尺度，就不能正确地执行规则。没有一个执法标准就会出现该判的不判，不该判的反而判了，执法尺度就不能一致，判罚尺度太严或太松，不仅影响运动员的技、战术的发挥而且影响对比赛的控制，比赛会出现混乱。

开局尺度和标准的建立，要根据双方队员攻防的动作情况和特点来确定你的尺度和标准，3位裁判要在最短的时间内把尺度和标准溶在一起，达到统一；每一节的开始尺度和标准的建立都非常重要，必须让运动员按照你们确定的尺度和标准去比赛；要坚持尺度和标准绝不调整，要看清楚，要敢判，要判得准，要罚得对。要认真贯彻执行"主裁副裁一致、主队客队一致、整场尺度一致"的原则。"一名裁判员最大的长处是一致性，重要的是努力做到以同样的尺度宣判同样的比赛，不管比赛进行到什么阶段或者有什么压力。"

（一）犯规尺度的把握和标准的建立

1. 鼓励合法的身体接触和身体对抗

（1）防守持球队员只要防守队员没有推、打、顶进攻队员的身体，他可以无限制贴近持球队员；防守队员面对持球队员正面的打球、抢球附带的接触了一点手可不吹犯规。

（2）在防守运球队员的过程中，防守队员始终保持合法的防守位置，在横移和后撤的移动过程中有身体接触或贴靠在一起，只要没有附加的动作去顶开进攻队员就是合法的身体接触。

（3）防守队员的在圆柱体内双手垂直上举与投篮队员发生接触，永远不要吹防守队员犯规。

（4）在争抢篮板球和地板球中，双方都是去抢球，双方都有抢到球的可能，只要没有附加动作，即使造成很大的身体接触，也是合法的接触。

（5）不要被防守队员的动作过大或进攻队员的动作改变所迷惑，必须要看清楚。

（6）对那些没有获利的非法接触，如果发展下去对比赛有利，就可以认为是正常的接触（违反体育道德的犯规除外）。

2. 处理好非法的身体接触

（1）非法用手。非法用手的犯规是阻碍身体对抗的根源，要想让运动员达到激烈的身体对抗就必需吹罚掉不合理的用手犯规。

①防守有球队员的非法接触；

②防守无球队员非法用手的犯规不能不吹、不能不判；

③控制球队员非法用手的犯规；

④抢篮板球时非法用手的犯规；

⑤对投篮队员的非法用手犯规。

（2）违反体育道德的犯规。处理好违反体育道德的犯规首先转变观念，把处理违反体育道德的犯规与其他一般犯规一样，根据规则的条款，只要构成违反体育道德犯规的就坚决判罚。处理违反体育道德的犯规不要考虑有利无利的原则。

① 对持球或运球队员，防守队员不顾忌球与对方发生身体接触；防守队员与对方队员接触不是发生在球侧；失球后从后面拉、抱对方队员等。

② 防守队员已不可能防住上篮队员，在背后推、拉、打上篮队员，目的是阻止得分。

③ 快攻时，进攻队员前面没有防守队员时，从侧面和后面造成一起犯规往往是被认为是一起违体犯规。

④ 队员已经不再是打球不再是正常的篮球动作，而是一起恶意的犯规。例如，队员突破时防守队员用伸腿或下拌的动作去伤害对方队员；防守队员倒地后，用脚勾住进攻队员；持球队员用肘击打对方的脸部或身体；防守无球队员时或抢篮板球时用肘去击打对方；队员在移动过程中用手臂的惯性去甩打对方的脸部。其目的完全是为了伤害对方或者是威胁对方，这种动作在任意时间任意地点都是一起违反体育道德的犯规。有时，根据性质可直接判罚取消比赛资格的犯规。

⑤ 掷球入界时，在球离开掷界外球队员的手之前，如果要吹防守队员犯规那一定要吹违反体育道德的犯规。如果球离开掷界外球队员的手，那么吹防守队员犯规就是一般犯规了。

　⑥ 在比赛的最后阶段，如果防守队员想要犯规裁判员要及时快速的宣判。

　（3）掩护犯规：①正在掩护对手的队员发生接触时正在移动。②正在掩护对手的队员发生接触时有附加的动作。有时是坏动作、小动作。③对掩护队员的犯规。

　（4）无球区的犯规：①防守队员用手拉、拦等动作阻挡和妨碍了进攻队员的行动自由，阻碍或延误进攻队员想要达到的位置或接球时，要吹防守犯规。②进攻队员摆脱或抢位中，用非法的附加动作创造额外的空间来获得利益，或妨碍防守队员的行动自由获得利益等要吹进攻队员的犯规。

　（5）居中策应。中锋无球抢位或有球的攻防对抗中，攻守双方用手拉、抱、搂、推、支肘、膝顶等非法动作，限制对方的移动自由、扩充圆柱体、移动对方的圆柱体而获得利益或对比赛有影响，都要立即判罚犯规。防守队员用双手推、用直臂推进攻队员是犯规。

　（二）重点违例的处理

　1. 携带球

　（1）左右变向运球的大的翻腕。

　（2）后卫运球时侧对防守队员组织进攻时翻腕。

　（3）中锋背对篮进攻向篮下挤靠时翻腕 。

　（4）加速突破时球在手中停留。

　2. 带球走

　（1）外线队员突破先提起中枢脚，后放球。

　（2）内线队员双脚移动转身后放球或先抬起中枢脚后放球。

　（3）外线队员或内线队员突破到篮下后，滑动或拖动中枢脚投篮。

（4）变换中枢脚突破。

（5）跨步急停（两步急停）后，抬起先落地的脚（中枢脚）再跨步投篮。

吹带球走违例不能全凭感觉，不能因为动作别扭就吹带球走违例，不要把抬起中枢脚投篮吹成带球走。不要吹毛求疵，不要吹只有你自己才能看清的带球走违例。

3. 干扰球违例

（1）处理好投篮的球碰篮板干扰球的情况。投篮的球碰篮板并在篮圈水平面之上，则对攻守队员都有限制。

（2）处理好鸣哨后干扰球的情况。鸣哨后球在飞行中下落并有中篮可能时，或鸣哨后球触及篮圈并有中篮可能时，攻守双方都不能触及球。

（3）投篮的球在空中，防守队员盖帽触及球时，追踪裁判和前导裁判一定要判断球是上升还是下降。

（4）判断干扰球违例，裁判员要有预见性，追踪裁判和中央裁判都有责任，在快攻中，前导裁判对干扰球也有责任。

4. 罚球违例

（1）最后一次罚球或仅有的一次罚球，球未触及篮圈。罚球队员过早进入限制区。

（2）最后一次罚球或仅有的一次罚球，在球未离开罚球队员的手，占位队员过早进入限制区。

（3）最后一次罚球或仅有的一次罚球，在球未触及篮圈之前，3分线外队员过早进入限制区。

（4）如果出现罚球违例的情况，裁判员要在罚球队员球离手后鸣哨。

5. 投篮动作

（1）只要是连续向球篮运动的动作，不管是拿球后的转身还是侧身拿球，还是拿球连续跑了一步或两步都是投篮动作。

（2）鸣哨后，队员重新做了一个投篮动作，就不认为是投篮动作。

（3）鸣哨后，队员选择了传球就不认为是投篮动作。

二、预防和制止是控制比赛的关键

裁判员的首要任务就是使比赛按照规则的精神和场上的实际情况向健康、有序的方向发展，谁都不希望看到比赛中出现不愉快的现象。为了有利于预防和制止比赛中可能出现的问题，裁判员在赛前要了解球队的状况，注意了解比赛队的状况是十分有益的。如两队的风格和技战术特点、历史上有无积怨、经常耍性子且胡来的队员是谁等。通过了解与分析，使裁判员在心理上有一个比较充分的准备，制定出赋有针对性的执法方案，一旦比赛中出现犯规和暴力行为，也"有备而来"，心不慌，手不软，坚决予以制止。这就是预防性或主动性裁决，而不是反映性裁决。

裁判员要有敏捷的预见性和决断能力。裁判员在执法中，应有敏捷的预见性，对"焦点情况"保持警觉，尽可能把不良行为消灭在萌芽状态，一旦出现了犯规，则应快速决断，做出准确的判罚，切忌优柔寡断而导致节外生枝。如果裁判员能够感受或进入比赛的氛围或是了解球员的习惯性动作，许多冲突、争议或是打斗都能够避免，有时候，一个眼神，一句话，一个手势或是朝向队员的移动能够成为这种转变的一个信号。

场上发生不愉快现象往往和裁判员没有预防、制止和控制好场面有关，裁判员自身原因有：

（1）裁判员漏判较多，由于很多手部犯规的漏判，导致了接触的进一步升级，特别是无球区域的手部犯规。

（2）裁判员注意力不集中，没有注意到场上的打架"苗头"。对坏动作、小动作必须做到滴水不漏，伸腿、伸脚、用肘一个不能漏，同时还要对其队员提出警告。如果裁判员漏掉了坏动作、小动作，队员就会伺机报复。裁判员对队员的行为管理和判罚也要做到滴水不漏。如拿球扔在对方队员身上，立即判罚；骂对方队员立即

判罚等。

（3）违反体育道德的犯规被吹成了一般犯规或者违反体育道德犯规的动作被漏掉，连一般的犯规也没有判。

（4）第一动作没有吹，吹了另外一个队员的第二动作，队员就会找机会报复。

（5）有些队员的坏动作的习惯已经形成，裁判员却没有预见性。一是对动作本身没有预见性，当动作发生时反应太慢；二是对场上的矛盾没有预见性，当双方队员动作很大时，还是在一味的咬哨，使矛盾进一步升级。

（6）当队员将要发生打架时，裁判员处理不当，没有及时分开或警告，而是等靠和袖手旁观。当两名队员向一起靠近时，靠近的裁判员应该立刻在第一时间插入到双方之间，用背部向后顶靠一名队员，用眼睛观察另一名队员同时对双方提出警告。如果此时一名队员谩骂对方应立刻判罚技术犯规，这样就会使将要发生的事态平息。

（7）当双方队员倒地后，裁判员不要急于将目光离开只顾到记录台宣判，而应该多观察一会，等双方队员分开后再去宣判也不迟。

（8）3位裁判员没有沟通好、交流好，赛前要进行沟通，在前面的某场比赛中双方某些队员已经存在了矛盾，这时一定要让同伴知晓，必要时提前做出预案。比赛之中要相互交流，在你的位置和区域双方发生摩擦和矛盾，要利用暂停和休息时，让另外两位同伴知晓，做到防患于未然。

"篮球是竞争的，是充满激情的比赛，特别是比分接近时，情绪和摩擦会骤然上升，裁判员必须是能保持住对比赛的控制，这意味着裁判员必须是坚定、明确的和不动摇的。"过去评价裁判的好与坏是看对规则的执行能力，现在评价裁判的好与坏是对比赛的理解、掌控能力。

三、看清、判准、罚对，是控制比赛的核心

裁判员的一切判罚，贵在于准确，只有准确的判罚，才有说服力，才能获得运动员、教练员和观众的信任。宣判离开了"准确"二字，就无法谈执法尺度，整场比赛的判罚就会反复出现较多的明显的错、漏、反判，这样就完全违背了"三个一致"原则。所以裁判员在临场时，既要多移动，找好角度，做到看清、判准、准确抓出第一犯规，瞬间做出正确的判罚。尽量减少或避免不应该出现的错、漏判。特别在比赛的关键时刻，对关键性的违例或犯规，必须准确无误。否则，将使运动员、教练员和观众，对裁判的公正立场产生怀疑，从而失去对裁判的信任。若裁判员的判罚失误发生在决定胜负的关键时刻，可能会导致球场风波。准确的判罚是牢牢地控制比赛的核心。"准确"是裁判员执法的硬道理。

准确必须建立在队员的动作所造成的身体接触是否符合规则的要求；准确建立在队员的动作是否符合现代国际篮球的吹罚标准；准确建立在一场比赛的客观情况和场上的状态；准确建立在队员、教练和观众是否认可，也就是：规则+合理+认可=准确。裁判员保持常年的"准确性"是树立权威的最重要标准。

控制场面和比赛流畅最忌讳一谈到控制场面，身体接触一碰就吹；一谈到比赛流畅，犯规了也不判。或者比赛尺度"先紧后松"，或"先松后紧"，都不利于控制场面和比赛流畅。记住要用最初建立的执法标准宣判非法的身体接触，犯规有一个判一个，决不姑息，决不心软。没有犯规就不宣判，犯规的多与少，是队员自己去控制，而不是裁判员去控制它。用辩证法的观点去看这个问题，只要判准、不漏，场上的犯规就会更少，才能达到真正控制场面和比赛流畅的一致性。

控制好比赛，裁判员要提高预见性，不仅能抓准队员的第一犯规动作，而且敢于及时地抓住队员的第二犯规动作。对球队战术变化，发生犯规要有预见性，要注意看防守；对突发事件，要有洞

察能力和预见性，宣判要及时，对肇事队员要迅速分离；临近比赛结束，对落后队采用"战术犯规"有预见性，在处理非法身体接触时，不要考虑有利无利原则。

第一犯规动作，就是队员在比赛中首先做出的非法的侵人犯规动作。一旦这次侵人犯规动作没有被临场裁判员发现。被侵犯的队员就做出了"回敬"的非法动作，此时如被裁判员发现和判罚，就是大家通常所说的第二犯规动作，这就没有罚对。

1988年，加拿大国家男子篮球队来我国访问，这两支球队都是参加第二十四届奥运会的强队，实力相当。跳球开始后，双方就进入了激烈地争夺与对抗，比分交替上升。在距上半时结束还有4分钟时，中国队一个长传球到篮下，此时形成无人防守的局面。但加拿大队的10号仍然是拼命追防，为了破坏这次快攻，10号队员以极快的暗动作撞击了中国队7号的脸部构成犯规，由于两个裁判员距离犯规地点都较远而漏掉了这个犯规。刹那间，中国的7号队员给加拿大10号队员一拳，这一拳被裁判员看见，并宣判为违反体育道德的犯规。由此，比赛被迫中断，经过裁判员的努力，虽然很快地恢复了比赛，但给人们留下了不愉快的阴影。

同年的10月，在包头举办的全国男子篮球锦标赛，八一队对四川队。八一队的9号持球从底线突破时，四川队的5号推八一队的9号犯规，裁判员的观察角度不好，而未看到这次犯规，被推的9号队员持球踩线，裁判员判9号使球出界。过分激动的9号队员双手用力将球摔在地上，这一不良的举动立即被裁判员宣判了技术犯规。

上述，都是由于裁判员没有抓住比赛中队员的第一犯规动作，因而造成和促使了被侵犯队员做出了第二犯规动作，类似情况裁判员在执法中不断出现。在激烈、复杂和变化多端的比赛中，临场裁判员一旦没有抓好甲队员的第一犯规动作，而抓了乙队员的第二犯规动作，其危害是很大的。它可能使被侵犯的队员产生报复性的坏动作；它可能激化比赛利益受到损失的球队与裁判员的关系；它可能使比赛气氛由此而变坏；在比赛的关键时刻，可能导致被侵犯的球队输球；还可能因此而形成打架斗殴的不良局面。

　　在处理身体接触是否构成侵人犯规的过程中，对于那些已经确定的犯规，必须要判的犯规，明显的犯规，需要裁判下哨子要快、要坚决、要果断。但对于那些还没有构成的或者是似是而非的接触就要晚半拍吹效果会更好，一定要观察全过程。此时裁判员要学会观察、等待、再观察，要养成是接触就"咬哨"，再接触再"咬哨"，构成犯规就鸣哨的习惯，这样才能判得准，罚得对。

四、艺术化解决好矛盾是控制比赛的精髓

　　控制好比赛就是如何解决处理好比赛中的矛盾。洛杉矶湖人队科比·布赖恩特（Kobe Bryant）说"矛盾是人类的天性，就看你如何去处理它们了。"

　　篮球运动作为一项竞技运动，激烈竞争性是其固有的属性，单场比赛只有一个优胜者，一项赛事只有一个冠军，球队之间存在胜与负的竞争。篮球运动本身也是一个矛盾统一的项目，据有关专家研究，篮球运动包含的矛盾多达200种左右，且错综复杂。篮球裁判员在队员激烈的对抗中和谐处理诸多矛盾是极富有挑战性。裁判员面对各种矛盾，运用恰当的方式灵活、和谐地处理好比赛中的各种矛盾，用方法化解矛盾，用能力解决问题，真正把运动员、教练员、裁判员和观众融为一体。

（一）解决好事实与认识的矛盾

　　裁判员是一场比赛的组织者，基本职责是确认一场比赛中发生的一切事实问题并根据规则做出判定。裁判工作因其复杂性，难以完全避免错判。这就有一个事实与认识的矛盾问题。所谓事实，就是客观发生的实事，它不是主观的认识或推理、分析、猜测，而是客观存在的不可改变的情况。认识是可以改变的，而事实是不能改变的。作为裁判员的临场判决，首要的是看清事实，因为事实是判决的依据。不是错判，要坚持原则，不能妥协；看清了事实但规则

执行错了，是错判，这属于认识问题，是可以纠正的。应本着实事求是的精神，按照规则的规定，立即给予纠正。如果错误及其影响已无法挽回，就让其过去，不要耿耿于怀，更不能以错补错。

许多裁判常有一种错误的认识，认为哨声一响，就不能改判了，改判有损裁判威信，这是裁判执法当中的一个误区。裁判误判如能及时纠正，是裁判执法应有的态度。世界著名国际裁判艾伦·雷先生说："裁判及时纠正误判，能避免造成比赛的许多纠纷，也能获得大家的尊敬。"

1972年奥运会美苏冠军决赛中，由于计时员和裁判对最后比赛时间判断有误，当时的国际篮球联合会秘书长威廉·琼斯决定改正错误，让比赛补时3秒钟。苏联队发界外球后在最后3秒钟投中得分反败为胜，取得奥运会篮球冠军。

终身荣誉篮球国际裁判王长安在50年篮球裁判生涯中，在国内外数千场的执法中，也发生过误判。上世纪60年代在北京体育馆的一场重要比赛中，他吹哨后就明显感到自己是误判了（哨声过敏了），当时立即纠正了失误，观众、队员和教练都能原谅他，并用掌声来支持他改正误判。裁判有勇于纠正自己误判的精神，既实事求是，又符合篮球比赛的本身规则。

还有一种现象是认识上的矛盾与分歧，这种情况是不可以纠正的。如裁判员、教练员和运动员对同一情况的不同观察所得出的不同评价。裁判员在比赛中要根据比赛的性质、气氛、激烈程度，比赛进行到什么时段，比赛中情况发生的区域，比赛结果对其他队的影响，比赛双方的历史背景所期盼的不一致面等情况做出不同的评价。例如裁判员看到了甲队一个犯规，可能根据有利无利原则或者是在比分相差很大的情况下，为了比赛的流畅咬哨不吹了。但是接着乙队出现的犯规裁判员却判了，教练员和队员就容易对判罚产生疑问，出现对立情绪，造成认识上的矛盾与分歧。

（二）解决好临场注意力集中与分散的矛盾

篮球是一项快节奏的运动项目，对于身体和心理的要求都很高。裁判员临场时挑战之一就是要保持注意力的集中，并在适当的时候注意该注意的事物。裁判员在临场判罚时要注意长时间保持在队员的攻防转换的活动中，稳定在一定的对象上。可在篮球比赛中，有许多事情会让你分神（如感到的压力、观众的行为、"垃圾话"）。这种注意力涣散、不集中，这就容易出差错。有的裁判员出了差错就老去回想，记挂着，结果就分心了以致越想越错，错上加错，差错迭出。所以在处理注意力集中与分散这一对矛盾时，我们强调集中与分散相结合，以集中为主。沙奎尔·奥尼尔的大学教练戴尔·布朗（Dale Brown）说："集中注意是一件高超的艺术，所有的大师都具备训练自己排除与任务无关事情的能力。"裁判员要注意他们在比赛场上是否根据自己的职位（如前导裁判、追踪裁判和中场裁判）不同，做到合理分配和转移自己的注意力。只有掌握了裁判法中规定的分工与配合等方法，才能控制比赛局面，使比赛按规则的精神顺利进行。

（三）解决好临场裁判员的处理速度——快与慢的矛盾

篮球运动快的特点，要求裁判员对比赛情况的处理也相应地快，保持比赛的流畅。裁判员做判决处理时有个快与慢的矛盾，如裁判员需要中断比赛的时候尽可能的及时果断，因为大多数违反体育道德的犯规发生在中断比赛的过程中；当一名球员受伤或者感觉自己受到侮辱，而另一名球员却认为自己没有任何过错的时候，尽快让他们重新投入比赛以防止冲突发生。而有时我们处理问题需要慢，如裁判员从观察队员的脸部表情、肢体行为中发现"火药味"的苗头，可运用时间来处理。时间可以治愈伤口，当比赛进入白热化时，不要试图使比赛向更快发展，利用一切机会让比赛缓慢下来。如察看队员伤情、擦拭球或地板上的汗液等。这才是好的裁判员应该做的。我们强调裁判员的临场反应和处理要快慢结合，以快为主。

（四）解决好尺度"宽"和"严"的矛盾

裁判尺度，即规则所确定的标准，裁判员用以衡量比赛动作和比赛行为是否合乎规则的要求，并做出相应的判断和处置。由于裁判员对规则理解的程度不一样，也由于每个裁判员的临场经验不尽相同，故在掌握尺度上确实存在着差异，这种差异表现为裁判水平的高或低。高水平的裁判员除了公正外，"尺度"掌握得也很得当。高水平的裁判员执裁时，既不是硬搬规则，也不是只察现象，而是针对出现的动作和行为进行时间、地点、距离、速度、性质、影响、结果等综合的思考和判断，并做出适宜的宣判和处罚。这样的宣判才符合规则的精神，符合对抗的动态的比赛实际，符合运动员、教练员和广大观众的看法和期望。无疑，这样的宣判将对比赛的顺利进行，对运动员的技术战术运用，发挥重要的作用。

然而比赛场上裁判员掌握判罚尺度不一，存在尺度过宽和过严的矛盾。尺度过宽就会使一些正常的犯规被漏掉，就会使比赛变得很混乱，就可能有打架的情况发生，就会使比赛很难掌控。尺度过严就会使裁判的哨子过于敏感，把运动员在比赛中一些正常、合理的动作和行为，判罚成错误的动作和行为，并受到了不应有的处罚。其结果会使运动员在比赛中处处谨慎，事事小心，缩手缩脚，技战术不能发挥，造成比赛有太多的中断，就会使比赛很乏味，缺少了观赏性。裁判员的判罚尺度过严，会直接影响和阻碍篮球运动向更高、更快、更强的方向发展。

裁判耳根软，球员和教练找裁判理论的就多；裁判尺度宽，粗野动作就多。执法严格，哨音会打断比赛；执法宽松，犯规会打断比赛。处于宽严、善恶难辨境遇中的裁判，需要有坚强的心理素质和高超的执法艺术。裁判的艺术就是立足于"惩恶""扶正""扬善"，并把握执法的"度"。从比赛开始的第一分钟到比赛结束尺度统一，前紧后松、前松后紧都是错误的。从这个意义上说，哨声起于恶，达乎善，哨应该为善鸣。

（五）解决好解决"问题"与制造"问题"的矛盾

作为裁判员，要培养和锻炼善于控制赛场局面的能力。有些裁判员临场时不合作或素养低造成此矛盾，欠缺临场控制局面的能力具体表现在及以下几个方面：

（1）缺乏合作意识。

（2）扩大矛盾和掩盖矛盾。出了差错不及时纠正，总想混过去，甚至用另一个差错来做平衡性弥补，以致须盖弥彰，错上加错，到头来反而不好收场。金哨马立军说："在比赛中常有这样的情形，教练员的喊叫声、运动员严厉的目光和过激的行为、球迷过火的反应常常会使裁判员失去冷静，以至失去对比赛的控制，而当裁判员试图在另一片断里弥补自己的过失时，往往会使比赛更加混乱。"

（3）自设难题，自找麻烦。

（4）不善于处理问题，处理问题缺乏"艺术性。"

（5）分析利害关系而影响判罚尺度。

（六）解决好主观的宣判与客观的比赛不相符的矛盾

对于裁判员来说，清正廉明、不谋私利，竭忠尽智、防腐杜邪。对比赛来说，公正最为重要，得之则治，失之则乱。可我们在篮球场上往往发现裁判员主观的宣判与客观的比赛实际不相一致。裁判员的错判、漏判存在职业道德的缺失和技术水平的失误两种情况，反判往往扭曲比赛的结果。裁判员秉公持正，执法如山，不枉不纵，运动员就心平气和，令行禁止，无怨无悔。而且，运动员乐于表现出服从裁判，爱护对方，听从指挥，全力拼搏等品质。这样的比赛才能打出风格，打出水平。与此相反，裁判员滥用职权，指鹿为马，惠暴宽恶，运动员就会愤愤不平，无所适从，以牙还牙。而且，有的运动员甚至表现得情绪失常、行为失控。这样的比赛将出现混乱，很难预料会发生什么事情。

第三节　裁判员管理比赛

裁判员的临场管理，就是指裁判员对参赛的有关人员的领导和管辖。更具体的说，就是在裁判员的组织和指挥下，使一场比赛按

照规则的要求，有目的和有计划的顺利进行。

直观看，裁判管理职责就是"惩恶"，只要对犯规判断准确、执法严格就是好裁判。然而，篮球比赛的最终目的是精彩，是要让球队和球员在赛场上展示风采、发挥水平，而不是以发现和惩罚球队和球员的恶行为目的。从这个意义上说，裁判员管理的最高境界应该是"扬善"。

裁判员"惩恶""扶正""扬善"能使篮球比赛发扬正确的、高尚的和优美的因素，抵制错误的、低劣的和粗野的因素；有利于参赛人员良好体育道德的形成；有利于赛风的根本好转；有利于广大观众欣赏篮球比赛的精湛技术和运动员、教练员良好的精神风貌，从而得到教育、启迪和美的感受；有利于控制比赛，保证比赛的顺利进行。所以，裁判员的临场管理，是裁判员指挥比赛和搞好竞赛的重要手段。它是一门艺术，又是一门科学。

裁判员在管理方面要采取管理、警告、判罚三部曲的管理技巧，要有合作精神。裁判员应该想往一处想，劲往一处使，齐抓共管，知难而上，敢于承担责任，善于大胆管理。

一、对队员的管理

（一）队　员

球队的球员在场上时为队员，他们有权参加比赛，在场下则为替补队员。

（二）队长的职责和权力

（1）必要时，队长是他的球队在场上的代表。他可以为获得必要的情况向裁判员提出请求。这样做要有礼貌，而且只能在球成死球并停止比赛计时钟时。

（2）队长因任一正当原因离开球场，要把他不在场期间代理队长职务的队员通知主裁判员。

（三）裁判员和队员的关系

裁判员的工作对象是球员，最直接交往也是球员，这是裁判最基本的人际关系。不同的交往会形成不同的心理关系和心理距离，即形成不同水平状态的人际关系。裁判员主要通过哨音、手势、语言以及非语言，如目光、姿态表情等，直接把自己的判定、要求、观点、思想感情等信息传给球员，使球员了解裁判员所表达的信息。裁判员的哨音清脆、及时，手势规范大方，表情严肃认真，体态自然、适时，可以使球员得到的信息清晰、及时，球员会自发以目光、表情、支持性动作来回答。裁判员获得当时球员的心理状态的信息反馈，从而使彼此间得到了解。若能经常做到这一点，就会逐渐形成裁判员与球员之间良好、协调的人际关系。为此裁判员首先要做到判定正确、公正、及时、平稳。其次是把自己的位置摆正，裁判员是公正判断的服务员，不是专门来处罚和抓缺点的警察，与球员是有业缘关系的朋友、师生。裁判员要爱护球员，尊重他们的劳动成果，鼓励他们有最佳状态的表现，不能扼制他们正常的发挥。

深入了解篮球裁判的作用有助于队员更好地把注意集中在比赛上。如果队员坚信裁判员与自己一样在比赛中也会尽最大努力做好自己的工作，就会全身地投入到比赛中而没有时间去关心裁判员的判罚的，因此，和裁判员生气或与他们争吵毫无意义。只会白白浪费自己的精力。尽管如此，对裁判员的判罚总还是有争议的，此时你可以跟自己讲一下提示语，以保证把注意集中在比赛上。

（四）对队员的管理

篮球比赛身体接触，是不可避免的，有的是合理的，有的是非法的。对于身体接触，有的运动员能够谅解、理解和容忍，而有的运动员则不能，因此，就采取报复手段故意与对方发生不适当的身体接触。裁判员不会漠视这种不合理的身体接触。可队员不会一直认同裁判员的判罚，他们有时会表现出不满，表示不满的表现：阻

止、干扰裁判员的判罚、表现异常等。裁判员应及时处理对判罚表示不满的队员，裁判员不可因对自己的决定没信心而迁就队员，那样会在队员中增长对裁判员的执法水平和能力的怀疑。

有时裁判员对队员态度不一，如：

对知名队员——过于谦让和惧怕；

对积极配合型的队员——敢判敢管；

对欺骗型的队员做假动作迷惑裁判——上当；

对审诉型的队员在裁判面前喋喋不休——呵斥；

对无理取闹无理辩三分，给裁判施加压力的一不管。

人们经常提醒裁判，他们的职责是制止破坏比赛规则的行为，各地区的篮球协会支持裁判为制止暴力或非体育行为而采取的一切手段。

因此，队员必须明白不正当行为以及对裁判大发雷霆是不能容忍的，下面将具体问题具体分析。

（1）对队员不服从裁判员的判罚，有时追着裁判员在说，甚至毫无关系的队员来纠缠。裁判员要立即给予警告，若继续纠缠就给予技术犯规的手势。

（2）当裁判员宣判犯规时，队员在裁判员的身后做一些抱怨和不尊重的手势，口吐脏字甚至使用刺激性的语言和动作扇动观众闹事等，裁判员要给予警告或判罚。

（3）队员的背心要塞进自己的短裤内，对背心放在短裤外的队员，裁判员一定要管但没有必要判罚技术犯规。

（4）双方队员对于在场上口吐脏字说垃圾话而且声音很大，影响很坏的，不管是对裁判还是对对方队员或是对自己同伴的抱怨，都要提出警告，再出现绝对要判罚技术犯规。存在矛盾和摩擦时，不允许双方队员在场上交流。

（5）对于故意的踢球、踢广告牌的行为或用球砸向对方队员等行为，要直接判罚技术犯规，有些队员由于抱怨自己，拍一下地板，拍一下篮架是可以允许的。

（6）队员对裁判员过份的抱怨，甚至辱骂裁判的行为，应直接判罚技术犯规，情节恶劣的应直接取消比赛资格。

（7）队员挥肘没有触及到对方队员要直接判罚技术犯规。对于危险、坏、伤人动作，坚决果断判罚违体犯规，鸣哨后，还必须警告一下队员，提醒动作的危害性和不良后果，有利于平息双方紧张气氛和控制场面。

（8）队员用手遮盖或插向投篮队员的眼睛，裁判员要给予警告或判罚技术犯规。

（9）假摔和假动作：

①没有身体接触的情况：如果没有发生身体接触，防守队员就主动倒地或做假动作，裁判员在下一个成死球期间给予警告和判罚；在这种情况下，如果倒地的队员指责裁判为何不判撞人时或犯规时，立即判罚技术犯规，不用警告。

②有身体接触的情况：如果队员假摔倒地后干扰进攻队员的投篮和行进，要判阻挡犯规并给予警告。如果队员假摔倒地后或做假动作后，指责裁判员为什么不判对方撞人或犯规，这时裁判员要给予警告或判罚技术犯规。如果队员假摔倒地后又抬起腿或脚来拌进攻队员，要马上判罚违反体育道德犯规，并对这次假摔提出警告。如果只是接触后倒地，对比赛没有影响，那裁判员就采用不予理会的方法，就当什么都没有发生一样。

任何可以导致队员之间的相互打斗的情形，裁判员的首要责任是分离冲突的双方，当裁判员进入一群冲突的队员中间将使平息冲突的效果更好一些，在这一时刻，非常强烈且自信的言辞是必须被使用的。

【案例分析】奥尼尔搬物理定律质疑判罚，主裁判拿三条件反驳。2008年11月活塞队与湖人队一场比赛。奥尼尔在第二节比赛中得到了他全场12分中的10分。第二节比赛还有5分19秒的时候，他在活塞小将斯塔基上篮的时候冲上去封盖，结果把对手撞到在地，裁判判罚奥尼尔二级恶意犯规。

"物理定律说了，移动的物体保持移动的状态，如果两个物理目标在空中相遇，那么小的那个肯定会摔得更重一些。"奥尼尔说："我从来都不是那种想把哪个对手那样放倒的人，所以很明显，我只是冲着球去的，是这个小子撞上了一面墙。"

奥尼尔被判犯规之后一直留在场上非常激烈地跟裁判理论。但是裁判没有撤回判罚。

"二级恶意犯规必须满足三个条件，一个是挥臂的动作一个是后来启动，还有一个就是这并不是必要的动作。"主裁判马乌尔说："我们认为这三个条件都满足。"

从这个案例中，我们可以得到以下几点启示：当队员抱怨裁判员的判罚而导致的争议，是由于裁判员并没有依据比赛中实际发生的情况进行吹罚而产生的。这是真实的，在许多情况下的自发反应是基于一次判或不判而产生的。但是争论的升级和接下来的比赛氛围确是依赖于裁判员如何应变队员的习惯。这就是为什么沟通和管理是执法的一部分，而且裁判员需要掌握这个技巧。经验显示，在解决队员的抵触方面，拥有正确的方式方法是重要的。每次裁判员都要决定应用何种沟通方式是最佳的，这是临场裁判管理水平中非常重要的，裁判员技巧性的解释或决定可以使队员不会继续流露出某些明显不满的情绪。某些时候裁判员要有强硬表现，而另外一些时候，裁判员温文有理但坚定的解释将会帮助解决上面的问题。在多数情形下，裁判员必须保持他的声调平缓，冷静以及不带有侵略性。

二、对教练员的管理

（一）教练员

教练员不仅是一个球队的技术、战术的训练者，比赛的指挥者，而且是一个球队的生活管理者，思想作风的教育者和培养者。他的一举一动都直接影响着整个球队。一名称职的教练员，应该模范地遵守教练员守则，处处事事都要给运动员做表率。特别是临场指挥比赛时，不管在什么情况下，不管遇到什么问题，都要从大局出发，都要有大将风度，都要沉着、冷静。

一名优秀教练＝理论＋经验。他不仅有丰富的篮球经验，而且要懂篮球理论，特别是教练员熟悉竞赛规则和裁判法，这样才能管理和指导好比赛。在比赛的任何时候，不仅自己要模范地遵守规则，服从裁判；而且要严格管理球队席的成员和正在比赛的队员，要尊重裁判，服从裁判。积极主动地与裁判人员密切地合作保证比赛的顺利进行和圆满结束。

（二）教练员的职责和权力

（1）至少在预定的比赛开始前20分钟，双方教练员要将包括参赛球员姓名、号码以及队长、教练员和助理教练员的书面名单送交记录员。

（2）至少在比赛开始前10分钟，教练员要确认该队已登记的球员姓名、号码和教练员姓名的名单，并在记录表上签字。同时指明开始上场的5名队员。

（3）只有教练员或助理教练员可以提出暂停请求。

（4）当教练员或助理教练员想要替换队员时，该替补队员必须向记录员报告请求替换，并必须立即做好上场比赛的准备。

（5）如助理教练员，他的姓名必须在比赛开始前填入记录表内（他没必要签字）。教练员如因任何原因不能继续执行其职责，要由助理教练员代理。

（6）如果教练员不能继续工作，而在记录表上又没有登记助理教练员（或助理教练员也不能继续工作），队长可以担任教练员。如队长因任何正当的原因必须离场，他可以继续担任教练员。然而，如因被取消比赛资格而必须离场，或因受伤不能担任教练员，则代替他担任队长的队员替代他当教练员。

（7）比赛中，仅允许在记录表上登记姓名的教练员站立着。

注解：

（1）教练员已指定了某队员在开始比赛时上场，如果该队员受伤，只要主裁判员确认受伤是真实的，可以被替换。

（2）迟到的替补队员可以参加比赛，只要在比赛前教练员向记录员提交的球员名单中已包括了他们。

（3）教练员（或助理教练员）是该队在比赛中唯一可与记录台人员联系的代表。他可以在比赛计时钟停止、球成死球期间进行联系，必要时可询问有关比分、时间、记录板或犯规次数等事宜。他与记录台人员接触的任何时候都必须是态度和蔼和有礼貌，绝不能干扰比赛的正常进行。

（三）裁判员与教练员的关系

篮球比赛中，教练员和裁判员有着同一个目标和责任。为了运动员能充分发挥水平，对运动都负责有督导和教育的责任。

裁判员与教练员之间应该是相互沟通，相互依靠，共同配合的人际交往。事实证明，有时因双方所处地位不同，感情上经常会发生某种差异，甚至发展为互不信任。主要原因是对个别判处意见分歧而互存隔阂，产生不满。裁判员和教练员的关系应该是在矛盾中求理解，在不同立场上求大同存小异的关系。互相都应该从全局出发，加强思想修养和自控能力，才能处理好这种关系。然而，有少数的教练员在指挥比赛时，自认为裁判不公或者认为裁判判罚错误，一时冲动做出了违反体育道德的行为，给比赛带来了不好的影响。

裁判员要善于同运动员、教练员交流，当他们不理解判罚向你询问时，在不影响临场工作的前提下可以和他们进行简短友善的交流，但运动员和教练员必须有礼貌，交流的时间必须要简短，不能影响比赛，也没有必要向他们主动解释你的宣判。如果裁判员的自身判罚不够准确，教练员、运动员的一些抱怨是可以容忍的，但不能过份。

（四）对教练员的管理

教练员类型分为：名教练：盛气凌人；积极配合型的：基本服从于裁判；故意使压型：心理战术，取得利益；故弄玄虚：欺世惑众，抓住裁判错误，不依不饶；混水摸鱼型：趁火打劫，以乱取胜；破罐破摔型：采用犯规战术，嫁祸于人。

针对教练员类型要有所了解，大胆管理：

（1）如果教练员偶尔的越过线离开球队席区域指挥比赛，裁判员首先要提醒教练员他不应该这么做。如果他只是偶尔的越过一点点，对比赛没有影响的情况下，可以不予理会。

（2）教练员动不动就到记录台前和技术代表交涉（其实这是在给裁判员施加压力）裁判员绝对不能不理不管。如果教练员离开球队席区域指责裁判或技术代表或记录台人员，裁判员要视具体情况明确做出技术犯规警告的手势，甚至直接判罚技术犯规。

（3）不允许教练员以戏剧性的姿态和无休止的抱怨来形成注意的中心，不要宽容这种行为，裁判员必须尽早地加以制止。对教练员在场上的夸张做秀一定给予警告，若再犯立即判罚技术犯规，对于过份的夸张做秀可直接判罚技术犯规。

（4）对于一些队或教练员对现场观众的不礼貌行为，裁判员要视具体情况明确做出技术犯规警告的手势，甚至直接判罚技术犯规。

（5）教练员用手指着裁判员质问等不礼貌的行为，裁判员要视具体情况明确做出技术犯规警告的手势，甚至直接判罚技术犯规。

（6）教练员对裁判员的一次判罚无休止的指责，试图恐吓和骚扰裁判员的执裁工作，裁判员必须警告，直至做出技术犯规的判罚。对教练员的这种行为绝对不能不理不睬。

【案例分析】中国男篮与巴西男篮"斗殴门"事件给中国篮球造成很坏的影响。冲突原因分析：

（1）裁判尺度控制不利。中巴之战第二场，邓华德就对当值裁判的几次判罚极为不满。两队第三场热身赛，比赛刚开始30秒左右，张庆鹏在无球情况下被对手击中后脑，但裁判却没有判罚巴西队犯规，反而在几秒钟之后吹罚中国队进攻犯规，这让邓华德径直冲入场内怒骂裁判。邓华德是一名有血性的主帅，你总能在场边看到他对裁判抱怨，不过今夜如此火爆的确让人有些意外。通过比赛画面能看出，裁判在尺度控制方面的确做得不让人满意。

（2）邓华德脾气过于火爆，并将此情绪带给球员。邓华德有理由愤怒，但绝对不应该如此爆发。比赛刚开始不久，邓华德就怒骂裁判吃到技术犯规；没过1分钟，邓华德又来到技术台前惹事，结果得到个人第二次技术犯规，不过很快技术台改判，技术犯规算在了中国队领队身上，邓华德得以继续执教比赛。但很显然，邓华德的火爆脾气传染给了中国队队员。在张庆鹏后脑遭到对手"暗算"后，中国队队员在场上的动作逐渐大了起来，先是丁锦辉用手放倒对手；而后朱芳雨在前场用身体将对手撞倒。

在以往的比赛中，邓华德要求队员需要冷静，而这场热身赛他不仅自己没做到，也没有阻止群殴事件的发生。很难想象一场普通的热身赛，中国队竟然会打得如此野蛮。

（3）在首次群殴后，巴西队队员准备离场，在离场过程中他们向观众鼓掌；而此时有几名巴西队队员冲着中国队队员说了几句。虽然听不懂是什么，但显然是具有挑衅色彩的话，中国队队员再次冲入场内，双方从球场一端打到另一端。这场中巴大战两次上演群殴，而第二次持续的时间比首次长了不少。显然，如果不是因为巴西队队员的挑衅，也就不会有第二次群殴。

从中巴"群殴门"事件中我们得到以下几点启示：当值裁判员未能很好地控制局面，犯一个大忌就是不敢大胆管理，错不该把第二次技术犯规算在领队身上，没有及时把主教练驱出场外，留在场内使得本就紧张的气氛进一步升温。最终比赛局势完全失控，双方球员，包括替补球员在内纷纷参与混战，并互相拳打脚踢对方，最终这场热身赛被迫中断，变成中国男篮的内部训练赛。

2010年12月14日，国际篮联宣布了对这一事件的最终处罚结果，结果男篮主教练邓华德被禁赛三场，同时处于约27万人民币的罚款；而男篮的3位斗殴球员朱芳雨、孙悦、张博均遭到禁赛处罚。处罚3名当值裁判禁止吹罚国际比赛一年。

"我们这样做的目的是为了保证竞赛的公平，保护篮球场的纯洁。"国际篮联秘书长帕特里克·鲍曼说，"我们认为教练、球员和裁判都应该承担相应的责任，他们必须确保比赛在健康的环境下进行。这次的处罚也传达出一种信号，那就是体育界不会容忍那些暴力事件。"

三、对球队席和运动队的管理

裁判控制着所有的队员和球队管理人员，无论他们在场上或在场外。

（一）球队席

规则规定：比赛期间，仅允许教练员、助理教练员、替补队员和最多5名有特定职务的随队人员（如领队、医生、按摩员、统计员、译员等）坐在球队席区域内。其他人员不得坐在球队席5米的范围内；随队人员享有权利，也负有责任。因此，他们的行为在裁判员的管辖之下。

（二）球队席管理

1. 比赛开始前

技术代表要按照程序对球队席进行检查和管理，主客队球队席必须遵守规则规定，球队席人员必须是运动队在册人员，球队席人员不能超过18人，意味着球队席只能摆放13把座椅。其他人员，一律不许在球队席就座。对不听劝阻的，责成主裁判按照程序进行处理。

2. 比赛进行中

比赛中绝不允许球队席里的运动员、随队人员指挥或指责裁判以及记录台人员，对有些领队和随队人员到记录台超常规询问、质疑裁判工作，甚至大骂裁判员的行为，一定要直接判罚技术犯规。临场裁判员要严格按照规则进行严格管理和判罚。教练员两次技术犯规后立即令其离开比赛场地。

如果球队席区域发出对裁判员判罚不满的声音，或用语言提示（如：3秒了、犯规了等），如果声音很大，要对球队席提出警告，再出现要判罚技术犯规。

教练员、助理教练员和随队人员，在球队席区域踢饮料瓶、摔西装等行为来发泄和抱怨对裁判员的不满，裁判员必须要给予警告，如若再犯就判罚技术犯规。

3. 暂停时

当发出50秒暂停结束信号时，裁判员鸣哨并且招呼球队入场，球队必须立刻回到赛场上来。有时，某队延长暂停时间超过了指定的1分钟，通过延长暂停时间获得了利益，并且也延误比赛。裁判员警告该队。如果该队对此警告置之不理，就要追加该队一次暂停。如果该队没有暂停，就应该判罚该队教练员一次技术犯规，登记为"C"。此时管理要讲方法和技巧。

当记录台没有发出暂停结束的信号，队员就过早地进入了场地，裁判员要让他们回到球队席。

暂停期间，3位裁判可以对场上的情况，判罚的尺度，需要解决的问题做简短的交流，并明确比赛如何重新开始。

4. 替换队员的管理

（1）靠近记录台的裁判员负责管理替换，替换一定要快；

（2）替换队员一定要做好替换的准备，先下后上，替换下场的队员可以从场地的任一地方离场；

（3）执行替换的裁判员必须做出替换和招呼队员上场的手势；

（4）在替换结束时，可做拇指朝上的手势表示替换完成。负责掷界外球的裁判一定要等到换人结束后场上队员不多于5人也不少于5人时再递交球。

（5）若替补队员未经裁判允许进入比赛场地，应停止比赛，给予该替补队员警告并令其离开比赛场地，并给该队教练员登记一次技术犯规。

5. 对受伤队员的管理

（1）如果一名队员受伤或是看起来受伤了，导致同队的教练员、助理教练员、替补队员或球队席任何其他成员来到赛场上，只要他们来到赛场上，不管实际的治疗实施与否，那名队员就应该被认为已经接受了治疗。该受伤队员必须被替换；

（2）如果一名队员受伤了或正在流血，或有开放的伤口并且不能立即继续比赛（大约在15秒内），他必须被替换。如果在此停表时段任何一队请求了暂停，并且在该暂停期间那名队员恢复了，他可以继续比赛，但这必须是记录员发出的暂停信号是在裁判员招呼一名替补队员成为一名队员之前。

案例分析：

【案例一】A队4号跳起阻止一次投篮，用了过分大的力量对B队12号进行了犯规，这是一个正常的犯规，但是在执行罚球前，裁判员上前警告了A队4号这个动作，这是正确的做法，事先的警告可以预防性质更为严重的犯规。裁判员必须表现的专业、冷静、坚定。接下来，裁判的判罚是一个推人犯规，A队12号将球抛向了空工中，裁判员没有忽略这个动作，马上给了一个警告，这是一个好的做法。在一次争抢篮板球的过程中，B队8号被判罚了一个犯规，这位队员马上向球队席寻求支援由于对这个判罚并不认同，看起来，他找到了同盟军，他的抱怨更明显了，此时裁判员发出严厉且清晰的讯号给B队8号，裁判员清楚并令人信服的展示了他绝对自信他的这个判罚。

此案例告诉我们：比赛中，篮球场不是一个可以举行团队会议和讨论的场所。及时阻止队员与球队席联系，立刻停止这个队员抱怨，口头上的沟通是必须的，而且沟通时的语气语调远胜于沟通本身的内容。

【案例二】1988年在北京举办的"沈阳味精红梅杯"国际男子

篮球邀请赛中，中国与西班牙队的比赛。担任这场比赛的主裁判是菲律宾的国际裁判员卡罗丝·罗半瑞，副裁判员是前苏联的国际裁判员穆辛。这两位裁判员都有丰富的临场经验。特别是卡罗丝·罗米瑞，他是个职业裁判员，曾多次参加过亚洲和世界大赛的临场裁判工作。

比赛一开始，双方你争我夺，非常激烈，都想以强攻强守压倒对方。比分交替上升，两队总是处在相持状态。当比赛进行到6分钟时西班牙队投球中篮，与此同时西班牙的4号把投球中篮的球有意地拍出端线很远的地方。这种违反规则，投机取巧干扰比赛的不良举动，被卡罗丝·罗米瑞看到了，并鸣哨停止比赛，对该队员提出了警告。比赛进行到8分钟时，西班牙队的12号又以同样的举动干扰比赛，卡罗丝·罗米瑞立即鸣哨并宣判12号一次技术犯规。

当比赛进行到12分钟时，中国的5号持球进攻时，西班牙队的8号在中国队5号眼睛附近摇手，妨碍其视线，被判技术犯规。卡罗丝·罗米瑞要求8号举手，8号不但不举手，而且开口大骂，卡罗丝·罗米瑞立即鸣哨，再判8号一次技术犯规。

在这种情况下，西班牙的教练员不得不把8号队员替换出场。但西班牙教练员心怀不满，很不服气，很不冷静，站起来走到场内，向宣判后的卡罗丝·罗米瑞大喊大叫，横眉冷对。极其冷静的卡罗丝·罗米瑞，一方面和气地用英语劝说，另一方面用手势让西班牙教练员回到自己的球队席。但西班牙的教练员不听劝告，仍在喊叫。忍耐到一定时间，或者说宽容到一定程度的卡罗丝·罗米瑞，表情突然严肃起来，并对西班牙教练员提出了警告。在警告的压力下，西班牙的教练员才回到了本队球队席，但嘴里仍然在小声咦叨。当上半时比赛结束时，西班牙的教练员从凳子上跳起来，气势汹汹地走到卡罗丝·罗米瑞的眼前，摆出一副要打人的样子，大喊大叫，指手画脚地对卡罗丝·罗米瑞纠缠。极其镇静的卡罗丝·罗米瑞，好像没有发生任何事情一样。卡罗丝·罗米瑞的表现，更促使了西班牙教练员错误地认为卡罗丝·罗米瑞无理或者软弱可欺。

因此，他的喊叫声越来越大，越来越高，劝他的人拉他的人越来越多，而他却一步步地向卡罗丝·罗米瑞逼近，达到了暴跳如雷极其疯狂的地步。

此时，卡罗丝·罗米瑞鸣哨并宣判了西班牙教练员一次技术犯规，并义正词严地向西班牙教练员指出："再如此无礼，再胡搅蛮缠，再大喊大叫，就取消你们比赛资格，把你从比赛场内轰出去"。这次技术犯规的判罚和严重的警告，给西班牙教练员当头一棒，西班牙教练员马上老实了。

【案例三】1990年，亚运会篮球男子组中国台北与阿联酋的比赛。这是一场争夺小组出线权的比赛。中华台北队，技术全面、熟练，配合巧妙，投篮准确。阿联酋队，有几名黑人选手，人高马大，素质好，作风硬，拼抢凶。两队各有千秋，谁胜谁负难以预料。担任这场比赛的主裁判是新西兰的国际裁判员罗宾·米勒根，他是一位久经沙场具有丰富经验的裁判员，近些年来，他东奔西跑地活跃在世界的一些大赛中。他还在国际篮联的技术委员会中，担任一定的职务，不断代表国际篮联到其他国家进行国际裁判员考试。和他合作的副裁判是日本的一名国际裁判员。

上半时，阿联酋输了几分球。下半时，改变了防守战术，采用全场紧逼人盯人防守，比分的差距不断地在缩小。比赛进行到6分钟时阿联酋的14号防突破时被罗宾·米勒根判犯规，14号不服从判决并吹胡子瞪眼，这不良的举动受到罗宾·米勒根警告并要求他按规则要求举手，但14号就是不举手，罗宾·米勒根又宣判他一次技术犯规。

谁知，阿联酋的助理教练员大声指责裁判员的判罚，罗宾·米勒根即刻宣判教练员一次技术犯规。就在此时，阿联酋队的一名替补队员高声大骂，罗宾·米勒根再次鸣哨，又判阿联酋教练员一次技术犯规，这样，才制止了阿联酋队不良行为的继续发生，强有力地控制了后阶段的比赛。

从卡罗丝·罗米瑞上半时的4次技术犯规的判罚和罗宾·米勒根

几秒钟内一次侵人犯规与3次技术犯规的判罚，我们从中应该得到如下的忠告：

（1）在临场中，无论比赛中发生什么情况，裁判员不要忘掉自己的职责；站在规则的立场上用规则判罚和处理所发生的一切，维护规则的严肃性；站在篮球运动的立场上，保护和促进篮球运动向健康的方向发展。

（2）在临场中，无论比赛中发生什么情况，一定要做到沉着对待，冷静分析，大胆和果断处理。

（3）在临场中，无论比赛中困难、压力和威胁有多大，都要做到敢于对比赛负责，敢于担风险，敢于管理，敢于教育。只有这样，才能体现裁判员的风度、裁判员的魄力和裁判员的权威。

第四节　裁判员控制与管理比赛的艺术

一名卓有成效篮球裁判员的成才需要8～10年的时间，素质的提高是一个长期、逐步内化的过程，需要裁判员自身努力，将知识内化，在实践中升华，提升本体素质。社会在进步，篮球运动在发展，对裁判员的要求也在提高，因此裁判员要紧随时代的脚步努力提升自己，这样才不会被时代所遗弃。裁判员要树立正确目标，戒骄戒躁，努力学习，丰富自身知识，在实践中将知识与能力有机地揉合，使其相得益彰；成不骄，败不馁，从容面对个人得与失；刻苦训练，增强体能，强化基本功，优化专业能力。如此循序渐进，逐步攀登、超越才能铸就成优秀的现代篮球裁判员。

（1）好的裁判员十分在意自己的形象和言行。形象和言行，是裁判员给运动员、教练员和观众的第一印象，是控制一场比赛的重要手段。在形象上要庄重、严肃、和气、可亲、谦恭、大方；在气质上要表现出精力充沛，有魄力，沉着冷静、老练、果断、自信、目光镇定而敏锐；在动作上要规范、大方、自然、美观、果断、有力。运用语言交流时，有礼节，直指要点，友好的忠告用轻声的语言，坚定的指令可当众提出，交流时要有分寸并富有原则性。做到文明管理既要严格要求，又要态度和气，决不能采取蛮横、粗鲁、训斥、讥笑的态度。裁判员有了良好的外在气质和内在气质才能赢得运动员、教练员、观众的信赖，以便大胆地去宣判。

（2）好的裁判员必须守时，不能让大家再为裁判员何时到场的问题操心。更重要的是，裁判员准时到场可以为赛前的各项准备工作创造一种气氛。"准时"并不意味着和比赛时间同步，好的裁判员会留出充足的时间整理行头，和同伴讨论比赛情形，然后气定神闲地走进赛场，没有什么比裁判员在比赛（或比赛的下半场）开始前一分钟急匆匆地从更衣室冲向球场更糟糕的了。

（3）好的裁判员决不自行其是。要知道，每场比赛都有三支队伍参加，其中一支是裁判组。好的裁判员不仅把赛前与同伴的沟通交流作为执法比赛的首要前提，在比赛的整个过程之中更是注重与同伴以及记录台的配合。好的裁判员要意识到记录台稍有失误就会招来观众的指责甚至辱骂，因此，任何时候都要给予他们完全的支持。在赛后总结的时候，好的裁判员会给记录台提出并且欢迎记录台给自己提出建设性的、友好的、私下的批评和建议，以使大家在今后有更好的表现。

（4）好的裁判要有好的表现——镇定、果断、冷静和信心是引导比赛顺利进行的前提条件。哨声不及时、判罚时思前想后优柔寡断，即使你的决定是正确的，队员也不会愿意接受。特别在比赛激烈、双方火药味很浓、异常事件或出乎意料的事件的情况下要冷静，不慌张、不急噪、不失态，而是有修养、有克制、有举措。

（5）在比赛过程中，好的裁判员从不与教练员、球员费过多的口舌。争论和解释可能使问题复杂化，并对比赛产生消极影响。如果必须提醒或者告示某人，说话要礼貌、表达要清楚，最重要的，语句要简短。裁判员说的队员必须听，因此，一定要有根有据有把握才说。而与记录员和计时员的交谈则要细节分明，不能含糊其辞。记录台工作人员是裁判组的组成部分，无论他们需要何种协

助,临场裁判都有责任予以配合。

(6)好的裁判员应当努力避免使自己成为场上焦点。他清楚裁判员的角色就是尽可能地保持低调。夸张的手势,毫无必要的大喊大叫,希奇古怪的面部表情及肢体语言都可能煽动起球员、教练员和球迷的情绪,好的裁判员对这些手段不感冒。相反,吐字清晰,声音威严、自信,哨子洪亮短促,手势干净利落。

(7)好的裁判员应当知道,不是每一次判罚都需要鸣哨,大多数时候,不管球员、教练员和球迷怎样想,裁判员都要断定并没有发生侵害行为,在这种情况下,裁判员不鸣哨其实是一种交流。没有必要深究摇头或者使用未批准的手势是不是正确的判罚方式。

(8)好的裁判员要彬彬有礼,有自律意识,能够控制自己的情绪,不会对球员、教练员和球迷失去耐心,也不会在赛后接受采访时谈论有争议的比赛情节,更不会倨傲自大。好的裁判员清楚谁才是真正的负责人,他知道如果有人质疑或者挑战裁判员的权威,可以文字形式请求援助,篮球规则的意图决不是以愚弄某一个人的方式解决争端。

(9)好的裁判员不是规则手册的奴隶。他们知道任何规则都有一个目的,即反映一种内在统一的哲学。好的裁判员十分重视研究领会这种哲学。在他看来,"合拍""流畅""控制"等习语和教科书上的各种概念同样重要。

(10)好的裁判员要在场上表现出职业素质。他决不会在比赛间歇练习罚篮或者投3分,也不会经常地与同伴交头接耳暗示别人自己缺乏自信心。在比赛进行中,他应当时刻占据最有利的位置,在比赛暂停时,他应当站在指定的位置,并利用暂停时间为后面的比赛做好精神准备。

(11)好的裁判会洞察和处理矛盾。在比赛中,裁判员一旦观察到有的队员想发火、发怒或想借机寻找事端时,不管是由于裁判员的判罚引起的,或者是由于对方犯规引起的,或者是由于同队队员配合不协调引起的,裁判员要用简而明的短语,给以提醒或警告，避免发生事故。当队员与裁判员对峙时他就像个男人在保卫自己的尊严。裁判员将他招呼到一边，形势就会发生变化，他会像一名学童被带到一边看校规。还有一种缓解的方法是裁判员变换话题，如将衣服塞进短裤等来转移队员的注意力，化解队员的激情。

（12）好的裁判会运用时间来处理。裁判员可从观察队员的脸部表情，肢体行为中发现"火药味"的苗头，可运用时间来处理。时间可以治愈伤口，当比赛进入白热化时，不要试图使比赛向更快发展，利用一切机会让比赛缓慢下来。如察看队员伤情、擦拭球或地板上的汗液等。如再升级，就要及时宣判，做出相应处罚。报复性和突发性的犯规要及时解决。处理方法：裁判员要迅速上前分开双方队员，进行短暂的严肃教育并及时做出相应处罚。

（13）好的裁判会解读比赛。金哨马立军说："在比赛中常有这样的情形，教练员的喊叫声，运动员严厉的目光和过激的行为，球迷过火的反应，常常会使裁判员失去冷静，以至失去对比赛的控制，而当裁判员试图在另一片断里弥补自己的过失时，往往会使比赛更加混乱。"所以，教练员在比赛中大肆张狂的表演和喋喋不休的抱怨甚至让你难堪或运动员不冷静的动作、言行，这些行为是不能原谅的，要勇敢地按规则判罚，在比赛场上要树立"我说了算"的信念。

面对观众往往带有较强的倾向性，比如观众起哄、嘘声、尖叫等。裁判员应该理智去处理，裁判员对观众的喊叫应采取置之不理的态度，按照自己的方式重新解读，把所有球迷的尖声怪叫都看做是在为你加油，不能让观众左右自己的判断力。

（14）好的裁判会及时解决冲突。冲突是比赛失败的标志，当对立的情绪爆发时冲突发生，每一次冲突的发生不是刚刚开始，它源自于比赛中发生的一系列摩擦，裁判员没有能及时做出相应的处罚，或者没有想办法使队员情绪冷静下来。冲突发生意味着对裁判员权威的尊敬降低；冲突来自两方面的原因，一是队员的原因自控力不够，二是裁判员的原因错漏反判所致。发生冲突时采用管理教

育与判罚相结合是裁判员管理好比赛的重要手段。

（15）好的裁判员必须保持很好的体能。良好的体能是裁判员执法的基本保证。显而易见，体力充沛者，精力容易集中，拥有良好的往返快速奔跑能力，可以看清楚犯规的事实，使裁判员提高判罚准确性和说服力。否则，体能不是很好的话，反应会变迟钝。

（16）好的裁判员要意识到自己并非完人。错误是在所难免的，一旦出现错漏，不应当有任何的犹豫和不舒服，要勇于承认自己的过失。如果错误可以挽回，要积极更正。裁判不可能享受"慢动作重放"的便利，也就不可能对自己的决定再三思量，但是只要比赛没有重新开始，裁判就可以对错误的决定进行修正。他还可以在这方面采纳同伴的意见；如果已然无法补救，比赛必须进行下去。好的裁判员深知进步无止境，他会尽己所能地追求更好的表现。

第十章　提高裁判员英语水平技巧

随着国际间的体育交往与日俱增，越来越多的国际性赛事在我国举行，如北京奥运让中国再次掀起了一股学习英语的热潮。同时，国内篮球比赛日益增多，各种联赛的竞争也日趋激烈，各队聘请外籍球员和教练员已成为司空见惯的事，裁判员作为比赛执法者掌握外语就显得尤为重要。

英语是唯一能在赛场上与外籍球员和教练员交流、沟通的工具，是控制比赛场面，维护规则和裁判法的权威性、公证性、合法性最有效的保证。英语作为一种国际交流的通用语言，英语交际能力显然是裁判员的必备能力之一。英语不好就给临场裁判员的执法管理带来了许多新问题，裁判员不能及时制止和处理外籍球员和教练员的不良行为，不能很好用英文解释场上发生的分歧。这对于国内广大篮球裁判员来说，语言是我们的软肋，过语言关是每一位等级裁判员的一个严峻的挑战。

中国篮球运动要想与世界篮球运动接轨，作为裁判员必须努力学好英语，提高业务素质，才能使比赛顺利进行，在场上才能有话语权。

英语的学习，是一件万变不离其宗的事情，离不开"说""听""读""写"。

一、背单词技巧

英语学习是一个循序渐进的过程，不可能一蹴而就，这就要求我们每天都应该学习英语。记忆单词不是到赛前才做，也不应该是赛前突击，这样做收效甚微。我们必须让自己每天都有语言输入，日积月累，从量变到质变，才能达到有效的语言输出。比如记单

词，真正能长久记住一个单词，是需要增加这个单词重现次数的，记单词应该是眼、嘴、耳、手、脑结合的过程。

（一）循环记忆法——重复记忆

有很多人在学习英语的过程中，只注重了学习当时的记忆效果，孰不知，要想做好学习的记忆工作，是要下一番工夫的，单纯地注重当时的记忆效果，而忽视了后期的保持同样是达不到良好的效果的。从"记"到"忆"是有个过程的，这其中包括了识记、保持、再认和回忆。艾宾浩斯遗忘曲线阐释到人的大脑是一个记忆的宝库，人脑经历过的事物，思考过的问题，体验过的情感和情绪，练习过的动作，都可以成为人们记忆的内容。

（二）大量的阅读——理解单词

在情境中理解一个单词，能更容易地去记忆，有利于对单词意思的深刻理解，而且这种形成的记忆会更加牢固。因为纯粹地背词汇，不仅容易忘记，而且由于一般没有上下的提示，对单词意思的理解经常会不到位。总之，大量阅读、看听不同领域的大量文章，这是提高词汇量的正确方法。也是效率最高的、最值得推荐的方法。

（三）词根、前缀、后缀、构词法——灵活记忆

在学英语的时候，背词汇书或词典是不可避免的。那怎样对付这些枯燥的东西呢？我们在这里建议用词根、前缀、后缀、构词法。例如著名的红宝书里对"charisma"给出的记忆方法是"china+rise+mao"，就是"中国出了个毛泽东"，就是"领袖人物的超凡魅力"的意思。这种记忆确实非常形象，非常生动。这种方法不容易忘，在单词里有词根的情况下，最好还是根据词根来记。

二、阅读技巧

"读"可以分为两种：一种是"默读"，默读对提高阅读速度有很大好处；另一种是"朗读"，朗读的作用不言而喻。

快速阅读理解能力，这也就是提高单词量和各种句型的识别能

力。对我国裁判员来说，身处在一个说母语汉语的氛围里，因为缺少学习英语的环境，久而久之，就会产生一种不愿积极参与的心理障碍。要排除这种心理障碍，只有认真培养说和朗读的习惯。学习语言的方法有很多种，读是比较有效的方法之一。例如一个两三岁的小孩，他虽然写不出几个字，但他能基本掌握语言的表达能力，比较自由的交流。这就是说起了很重要的作用。因此，每天要坚持不懈地浏览英文报纸的体育版并大声朗读，就能说出一口流利的英语。另外，大量、准确的朗读能够促进听力、口语和语感的进一步完善，而广泛的朗读更能充分提高阅读和写作水平。

快速阅读理解能力主张"句子中心论"和"增加句子量而不是单词量"，句子是由单词和句型这两个因素构成的，所以大量地收集和脱口而出句子，"单词"和"各种句型"将同时"深刻"掌握，阅读能力将获得大幅度提高。

应该充分利用网络资源，比如上国际篮联网站（WWW. FIBA. COM），网上有很多很实用的试题和PPT，有丰富的裁判学习资源。

英语对话，开始不宜要求太高。即使只是说几个简单的单词或进行简短的会话，只要长期坚持都是会很有成效的。方式可以灵活多样，如模拟比赛情景对话，自我介绍等。你有机会在赛场上碰上外国人，那么你应大胆地跟外国朋友打招呼，谈一下眼前的天气、问好、见面寒暄等。如：What a nice day, isn't it? Good morning, sir!You're looking fine!

三、听的技巧

众所周知，"听"是运用英语进行交际最重要的手段之一，也是学习英语使用最广泛的手段之一。听的重要意义在于不仅可以帮助纠正错误发音，建立标准发音，还可以提高听力能力，培养语速语感。现实生活中很多现象也说明听力差的人语言表达能力也不会好到哪里去。因此，听力训练可以利用听英语课文磁带及光盘中的标准发音，听优美、动听的英语音乐，看国外电影时尽量听英语

而不要听配音，听外国朋友的发音与语调，听简单的英语广播，听各种各样人的发音，男女老少、节奏快的慢的，都应该接触到。总之，要积极寻找一切可以听英语的机会。这些丰富多彩的"听"的机会将会对你的英语学习帮助很大。

四、写作技巧

俗话说："好记性不如烂笔头。"英语学习必须以听和读为前提，在读和说的基础上进行培养和提高。但要真正掌握英语，形成综合运用语言的能力，仅靠听和读是远远不够的，还必须通过写来检验和促进英语语言知识的掌握与运用能力的形成。写的训练能促进听说读的能力。它还可以与听、说、读的训练结合起来，例如，听写比赛执法体会和总结等。在我国以往的英语教学中，"哑巴英语"可谓是人所共知的现象，而这些年来随着听、说不断受到重视，笔头工夫，尤其是写作成了裁判员的难题。

以前，国际篮联对裁判的认证考核中，除了体能测试、场上吹罚、简单面试外，很重要的是笔试。以前笔试中多数是选择、判断题，但今后，这部分笔试的难度将增加一大块，例如，用英文写一篇长度不短的文章。

参考文献：

[1] 中国篮球协会.篮球竞赛规则[M].北京：光明时报出版社，2004. 56

[2] 郑洲，赵凤.影响裁判员临场心理的几个主要因素[J].解放军体育学院学报，2001，4（3）：95-96.

[3] 孙学兵.篮球裁判员如何在临场执裁中保持心理稳定[J].南京体院学报，2001，4（2）：81-82.

[4] 张良祥.现代篮球裁判教学与实践案例[M].黑龙江：哈尔滨地图出版社，2005：12.

[5] 马启伟.体育心理学[M].北京：高等教育出版社，1995：88.

[6] 孙民治.球类运动—篮球[M].北京：高等教育出版社，2001.81

[7] 张力为，毛志雄.运动心理学[M].北京：高等教育出版社，2007：157-171.

[8]【英】约翰·贝克著 江承志 丁秉伟 王佳译.裁判入门[M].北京：北京体育大学出版社，2006：121-133.

[9] 张百振.体育竞赛裁判学[M].北京：高等教育出版社，2005.

[10]【美】汤姆·柯林 拉尔夫·皮姆.执教团队篮球[M].北京：高等教育出版社，2008.

[11]【美】Kevin L. Burke，Dale Brown著·张忠秋等译.篮球心理训练[M].北京：中国轻工业出版社，2005.

[12]【美】摩根·伍腾 大卫·吉尔伯特著 潘祥译.篮球成功教学[M].北京：北京体育大学出版社，2007.

[13]　陈易章.足球裁判晋级必读[M]．北京：北京体育大学出版社，2007.

[14]Arnold LeUness Jack R.Nation/著，姚家新等译．运动心理学导论[M]．陕西：陕西师范大学出版社，2005：206-208.

[15]　张良祥.大学生篮球裁判员执法心理压力之分析[J]．齐齐哈尔大学学报，2009（5）.

[16]　李宏磊，张良祥，任广宇.不和谐因素对篮球裁判员心理影响[J]，黑龙江科技信息，2009（3）：169-170.

[16]　孙民治等著.篮球运动教程[M].北京：人民体育出版社，2001.

[17]　中国篮球裁判网：http://www.cbareferee.com.

[18]　中国篮球协会.篮球裁判员手册[M].北京：光明日报出版社，2004.

[19]　郭玉佩著.篮球竞赛裁判手册[M].北京：人民体育出版社，1999.

[20]【美】彼德·克林斯曼.史蒂芬·克劳斯著.篮球教学[M].北京：北京体育大学出版社，2005.

[21]张良祥，由世梁.篮球比赛中裁判员非语言沟通技巧[J].运动，2010（5）.

[22]张良祥，宋丽媛.影响篮球裁判员预判能力因素分析[J].吉林体育学院学报，2010（2）.

[23]张忠秋主编.优秀运动员心理训练实用指南[M].北京：人民体育出版社，2007.

[24]张忠，张良祥，朱海龙.篮球裁判员团队配合技巧[J].运动，2011（4）.

[25]张良祥，尹春升.篮球裁判员临场时应对垃圾话策略[J].运动，2011（6）.